鄭明娳 著

現代散文現象論

臺灣學生書局印行

國家圖書館出版品預行編目資料

現代散文現象論

鄭明娳著. – 初版. – 臺北市：臺灣學生，2018.06
面；公分

ISBN 978-957-15-1732-2 (平裝)

1. 散文 2. 臺灣文學 3. 文學評論

863.25　　106011780

現代散文現象論

著作者　鄭明娳
出版者　臺灣學生書局有限公司
發行人　楊雲龍
發行所　臺灣學生書局有限公司
地址　臺北市和平東路一段 75 巷 11 號
劃撥帳號　00024668
電話　(02)23928185
傳真　(02)23928105
E-mail　student.book@msa.hinet.net
網址　www.studentbook.com.tw
登記證字號　行政院新聞局局版北市業字第玖捌壹號
定價　新臺幣三五〇元
出版日期　二〇一八年六月初版
ISBN　978-957-15-1732-2

86313

序一

文學的產生，固然緣於作者個人的人生觀等內在因素，然而外在的環境亦影響創作，是不容否認的事實。文學現象面的考察也應該是研究的重要部分。

大致上，影響文學形貌的背景可分爲：大環境、主環境、內處境三方面。

國家的政治穩定程度、經濟成長、文藝政策等，都對文學有直接影響。最明顯的例子如：抗日戰爭爆發前後有報告文學產生；兩岸對峙時有反共文學產生、解嚴前後批判性政治文學又大爲發展；工業過度成長，環保文學因而興起；五〇年代臺灣的文藝政策，四十年來影響多數人的文學觀，主導的力量消失後，乃出現八〇年代文學的新風貌。

發表文學作品的媒體也時常直接左右創作，《中國時報》副刊策劃下的新新聞與文學的整合，產生報導文學的新體種。八〇年代各副刊媒體乃至文學雜誌強烈的企劃編輯，使得作家失去自由發揮的空間，而在它主控下的短小輕薄文體大行其道。

文學的主環境是指文學潮流的發展、文壇與文類的關係等直接屬於文學範疇的事。影響散文的主環境包括：散文專業雜誌的出版、散文獎的設立、散文新人的栽培、小說、新詩技法的滲入等等。又如散文研究風氣的盛衰、散文教育的良窳、外來寫作手法的影響皆是。

內在處境是指創作者本身對世界的感知不同而呈現的個別偏好，最明顯的是個人的或集體的意識形態。例如老一輩女作家筆下的父親大部分呈現對父親敬畏的疏離感、教徒作家大多有宣教的意圖、都市散文呈現新人類的異化等。

以上三者實爲互相影響，其呈現的現象面非常複雜，值得仔細探索。

二

本書所收是以臺灣散文實證的現象面爲中心並陸續在論文發表會宣讀的文章，有時爲了遷就主辦單位的要求，在字數與內容都做了相當的配合，因而在成書時必須略做調整，像〈臺灣現代散文的危機〉收入本書後就刪除了原文近三分之二的篇幅。特別要說明的是，個人深感文藝政策不免影響散文的發展，因而有〈臺灣的文藝政策現象〉一文，雖然沒有直接涉及散文議題，但是仍可做爲討論文壇現象的參考資料。

在當前如此充滿各種誘惑的社會中，要維持一個長程寫作計畫是相當吃力的事。爲了留給自己較多的時間，乃訂下不兼課、不超鐘點、不指導論文、不考論文、不寫與文學無關的文章……等等諸多自律公約，並僅接受和寫作目標有關的論文發表會，逼迫自己朝著計畫走。即令如此，自《現代散文構成論》完成後已有三年，我僅交出這樣一本小書，甚是慚惶。

一九九二年六月於臺北市龍坡里

《現代散文現象論》目錄

臺灣現代散文現象觀測

一、前　言

文學不斷跟隨著時代進化發展，每當「現代」一旦走進歷史，歷史學家就開始檢視這段剛成就的新的「歷史」。八〇年代剛剛落幕，關心臺灣散文發展趨勢的人士實有必要對既成的形勢略做省思。

一般而言，檢視文學創作有兩個角度；一爲以縱向的文學史角度比較創作的成績，一爲以橫剖的文學現象面做爲觀察的對象，分析文學環境與文學發展之間的互動關係。

從文學史審視文學成績，必須給予文學創作應有的地位，並區分出文學的主流與支流而加以描述。所謂主流，是指實際上發生較大影響或具備重要意義而形成創作上的「異軍」者，其在當代或後世的文學流變上影響深遠，可爲典範，但此類作品可能和社會通俗的視野產生差距，在當代滯銷。這時端賴批評家特殊的視覺來導引社會，指出作品的眼界超過社會羣衆，並且寓含某些令人心動的素質。例如二〇年代末、三〇年代初於上海新興的新感覺派小說，在當時文壇並未造成轟動，然而它所扮演的角色卻是中國小說現代化的啓蒙者。雖然長期沉寂，近年才爲人所發掘，重新受到定位，[註]其在文學史上自有不可抹煞的地位。

從歷史的立場看，若三〇年代的作家在五〇年代已不復執筆，雖然仍享有盛名，但就史的觀點論，他在五〇年代的文學史中理當付諸闕如。如果他仍舊持續創作，但是僅止於重複自己的體例，則亦無法在五〇年代的文學史上佔有主流地位。在現實社會中，不斷創作，享有聲譽，並不就代表他眞正的成績。就文學藝術而言，「量」的增加不一定能相對提高他的「質」。僅在現實社會中享有聲譽者只可稱爲「假性主流作家」。

文學現象的觀察則必須立場客觀，掌握現實脈動，不可涉及先驗偏見和欠缺涵容的價值判斷。此一工作看似簡單，其實很容易「當局者迷」。一個現象分析者，置身於傳統權威的籠罩下，新興的勢力又多與傳統抗衡。社會上各種層次的批評家如果檢視能力不足，無法公允地尋找到一套明智的方法論做爲思辯的參考，反而容易造成混淆。事實上，前敍文學史與文學現象的區隔本身就經常糾結難解，完全釐清不是一件易事。

筆者所意圖建立的理論架構，首先得謹愼之處，在於必須先將加諸文學之上的非文學性影響和正文本身的主體性予以分離。在八〇年代末期，我們更加迫切要建立的不是一套含糊其事的神話思維，而是深入文學藝術本體的審視，一種整合性質的批評觀點才能更加趨近正文中那些主體性和客觀世界交互滲融的領域。

二、八〇年代臺灣文壇環境

八〇年代的臺灣，經濟起飛、資訊發達、商業繁榮，創作者不能再像農業時代作家可以關門不問世事地創作。八〇年代，不但文學出版被當成純粹的商品行銷，作者個人的魅力也被出版社當成推銷的「賣點」。即使是一位嚴肅的作家，出書必然會受到整個大環境的影響。就現象面而言，八〇年代臺灣文學的消費性格已逐漸形成，以下分數點說明：

❶ 八〇年代，海峽兩岸學者分別撰寫有關新感覺派的論文，新感覺派諸家小說集也都得到原版重印的機會。一九八五年五月，嚴家其編《新感覺派小說選》，北京人民文學出版社出版，書前有嚴氏長篇論文。一九八七年十月《聯合文學》第三十六期刊出李歐梵策劃〈新感覺派小說〉專輯，轉載施蟄存、穆時英、劉吶鷗等三家十篇小說；一九八八年十二月李歐梵編《新感覺派小說選》，由允晨文化公司出版；一九九一年施蟄存《十年創作集》二冊由北京人民文學出版社出版。筆者亦曾於一九八九年四月「三〇年代文學研討會」中宣讀論文〈中國新感覺派小說及其意識流特色〉，一九九〇年七月「當代中國文學國際學術會議」宣讀論文〈施蟄存小說中的兩性關係〉，並於一九九〇年七月《聯合文學》第六十九期發表〈中國現代主義的曙光——與新感覺派大師施蟄存對談〉一文。

(一) 讀者的消費性格

八〇年代臺灣人的平均收入指數較七〇年代大爲提升。一般人的經濟能力增高，購買力加強。這可以從兩方面看出；首先我們目睹文學出版社如雨後春筍般興起，七〇年代臺灣現代文學出版社乃是「五小」❷稱霸的場面。到了八〇年代，除了書商熱衷開出版社、出文學書籍，許多文學工作者也紛紛下海加入行列，實可以說到了「戰國時代」。甚至兩大報系的出版社也對文學出版另眼相看，競相出版文學叢書，其中必然具有相當的利潤空間。早年幾乎全靠作者自費出版的新詩，逐漸有更多出版社願意嘗試出版。散文、小說這種較易爲讀者接受的文類則更受書商歡迎。一九八八年，因各方爭取，文壇還一度出現稿源欠缺的現象。❸八〇年代的購書羣，許多是把書當成室內裝潢，文學書籍也托此得福，促使大部、大套叢書得以暢銷。文學書籍的包裝也越來越講究，投入高成本製作必有相當的回收。

相對於臺灣過去的閱讀市場而言，八〇年代的讀者羣應是一個龐大的數字，具有強勁的購買能力，所以引發出版業的「戰國時代」。書肆中的文學書籍推陳出新，如江水後浪推前浪，有巨大的淘汰力量。可是，這羣購買羣中，大部分不是眞正深刻的文學閱讀者，大致上也沒有較長的時間來閱讀文學書籍。對他們而言，文學是用來休閒的消費品，讀者希望花少許時間、力氣與精神就可以吞下一本文學書籍，像每天吃維他命丸一樣。八〇年代的大部分讀者，缺乏解讀能力，但又希望速食文學，或假借文學包裝自己、粉飾自己。在沒有選擇能力時，最好的檢書方式是襲用「名牌」，一九八三年〈暢銷書排行榜〉開始上市，更加速文學書籍商品化消費性格的成立。藝術的獨立性和作家的自主性日益受到挑戰。

(二) 散文的消費性格

散文成爲讀者的消費物品，在媒體和出版社的導引下，其本身的性格也逐漸釐定出迎合讀者口味的類型。歸納起來有以下特點：

1. 字數要少

讀者沒有時間對散文細嚼慢嚥，所以希望作家提供簡食快餐，每頁的字數不要多。本來感性散文的字數就往往不多，讀者的要求既是越少越合味，遂導致各種札記體、筆記體、警

❷ 「五小」指洪範、爾雅、純文學、大地、九歌等五家出版社。
❸ 參見吳興文〈七十七年文學出版〉，《文訊》月刊第三十六期。

句體、短書體的散文集大量出爐。一九八三年四月文經出版社《八百字小語》是始作俑者。該書（首輯）選錄五十篇散文，每篇在八百字左右。此書一出，大爲暢銷。同年十月、十一月相繼出版第二、三輯，迄一九八八年九月共出版八輯之多。讀者喜歡短文，無異爲「漫話文學」催生。報紙副刊亦競相刊登短文，除了請個別作家開闢五百字小專欄，還設計許多小專欄邀請名家輪流執筆。出版商也搶著出版簡短散文。

自《八百字小語》暢銷之後，短小的散文選相繼湧現。一九八四年一月水芙蓉出版社出版《小品王》，二月爾雅出版社出版《金句選》，八七年李白出版社出版每篇百餘字的《一斛珠》……等等實不勝枚舉。作家個人出版短文別集也蔚成風氣。如此由短文而至短句的演變，使文字縮水的情形到一九八九年四月漢光文化公司出版蕭蕭的《一行兩行情長》可謂發揮到了極致。全書盡是條列式的「散文」，其中〈雲與天〉篇正文只有兩行，文字加上標點符號才十五個字，但是這篇「文章」竟然佔了兩頁篇幅，眞是令人嘆爲觀止。它使我們想起坊間的日記本，每頁在邊欄上都會選載名人的警語。只不過一些作者要出奇制勝，顚倒使用罷了。

2. 文意要淺

讀者把文學當成休閒之用，自然排斥要花腦筋讀的文章。最好是一看就通體透明，所以文章的含意自是越明白越淺露的好。上舉《一行兩行情長》中的〈記掛也是好事〉篇，全文是：「有那麼一個人可以記掛，未嘗不是好事。」內文重複題目的意思，而「文章」與題目都再淺白不過，讀者一看就懂，實際也不需互相詮釋。

文意之求淺白露骨，也反映在文章的題目及書名上。八〇年代初期，采風出版社印行了系列散文選集，如《花之隨筆》、《紫色小札》、《花箋憶》、《有情歲月》、《人生有味是清歡》、《天地春風》、《楓丹白露》等等，書名與選文一般典雅可觀。可是，八〇年代末期讀者似乎較偏愛像《我曾經那樣倉皇失措的想著你》(小野著)、《婚姻最近缺貨》(溫小平著)、《永不止息的愛》(凝川著)等等開口見喉的書名。

3. 影像要多

八〇年代末期，臺灣快速進入後工業社會，影像社會正是它一手導演出來的結果。報紙、雜誌、電視、電影、傳眞機……等等傳播媒體構成的環境正是一個虛構的影像社會。電動玩具、錄影帶、MTV種種影像世界充斥在青少年的成長過程中。他們習慣於模擬影像社會中的人物，年輕人面對書籍也有這種訴求。

書籍的影像，首重包裝。包裝的意義便是形式重於實質。換言之，讀者買一本書的理由不是書中文字內容好，而是其外觀可人。所以，文學書籍的影像造型偏重文字的美感排列和大量精心設計的挿圖。八〇年代後期，還刻意把作者的玉照美化加工後挿入正文或放入封面、封底等。文學書籍的文字卻大量縮水，正文乃淪爲整本書包裝設計的配角。

4. 內容要熟悉

在工商業社會中，每個人都對「投資」期以相當的「報酬率」，這種觀念也無形移植到讀書上。讀者花時間讀書，不但希望能「速食」而且要「速飽」。能符合功效的散文自然必須是：題材爲讀者所熟悉、表達方式爲讀者所習見、感受爲一般人所易生共鳴者。是以，情趣及哲理小品最受歡迎。情趣中又以愛情最受青年讀者青睞，哲理則以泛談人生者較得偏愛。因而大量的愛情散文選、人生小品選問世，且書名直接而露骨。例如號角出版社於八二年編選《情話》，把作家寫情的短文摘句成集。大爲暢銷後，次年緊接出版《再續情話》。又如文經出版社八四年出版的《情弦》，副題是《當代名家情書》，書序且稱此書爲：「當代作家大膽的愛情剖白」等等不一而足。作家個人別集也多以「情」命名，如廖輝英在八五年十二月同時出版《談情》、《說愛》二書。傅佩榮系列給青少年的《走向成功人生》、《開拓心靈的世界》等書則是暢銷哲理小品的典範。

讀者所熟悉的事物，凡具時效性的，在風雲一陣之後就自然沉寂。爲青年必然關心者，如親情、愛情等，則具有歷久彌新的生存能耐。

十年來，散文的消費性格就在自然的供需下形成如下的模式：短短的篇章、甜甜的語言、淺淺的哲學、淡淡的哀愁和帥帥的作者。

其實，在八〇年代以前，散文不是沒有「短短的篇章」、「甜甜的語言」……等條件的專書，只是很少這麼賣力地把五種特點集於一書之中。像一九七四年六月蕭白在水芙蓉出版社出版的《弦外集》一書，就是典型札記體散文集。但是，它沒有刻意經營甜甜的語言、淡淡的哀愁，尤其沒有作者的帥照以及現代華麗的版面設計和包裝印製——該書在今天的命運就只能流落在舊書攤。

（三）作家的消費性格

在早期的觀念，文學創作者只需蹲在自己家中孜孜寫作便可，不必有什麼社會參與。可是八〇年代的作者，很難自外於文學創作環境、甚至社會環境。換言之，專心寫作，僅以作品和讀者交談的作者越來越少。報章雜誌編者及出版商都挖空心思捉摸讀者的需求，並以此需求責成於創作者。讀者既然是典型的消費者，就會有大量作者形成功利性格。

消費性作者的第一特色是：作者明星化。出版商爲書做廣告時，用的是作者的名字與形象，也襲用影視明星打知名度的手法來推銷出版品。演員一旦成名時，電影公司、電視臺都會搶著和他簽約拍戲。作家亦然，一旦成名，出版商就會緊迫盯人，爲作家創作催生。也跟影視界一般，明星一旦成名，就要把握機會大量傾銷，直到讀者吃撐了要換口味，作品的存在價值繫於「收視率」。這種現象自臺灣七〇年代的影視圈起，觀衆已經非常熟悉。

所以八〇年代的作家不得不「做秀」，以建立個人的魅力。除了傳統的打字排版，還可以用作者原稿的手跡直接製版，以及錄製有聲書，在在都是讓讀者能更接近作者影像的傳播方式。此外，作者也要像歌星般「打歌」：上電視、電臺、報章雜誌等媒體接受訪問。甚至有些作家不僅上文藝性節目，還上綜藝性節目。報紙文化版報導作家，時常醉翁之意不在文藝創作，而是作家的私生活，諸如感情糾紛、事業報導等。本質上，作家在臺灣的社會地位跟藝人並無不同。八〇年代以前，文學批評雖然不發達，但是還稍具公信力。八〇年代市場最依賴的則是廣告。另一現象是，文學批評家的評論被刪節、濃縮爲廣告文案。甚至某些出版社爲同一本(或系列)產品要求數位評論家各寫一兩百字的短評。其實，在此刻評論家已成爲一個受僱於出版社的文案撰寫員。

影像社會的商品世界中，包裝比實質還重要。一旦廣告出擊成功，成品就必須大量出籠。所以作家會大量「製造」相同的複製品，而乖離了文學乃是「創造」的本義。

所以，我們發現八〇年代的作家往往崛起後，在短短幾年內就著作等身。以林淸玄爲例，他從一九七九年得獎崛起，在八〇年代出版了二十餘本散文集，堪稱著作等身。林氏固然勤於著作，但每本的字數都不多，且有不少舊書新出者。蓋市場需求量大，所以名家紛紛將舊書新出，林氏亦不例外。像八八年由皇冠出版社出版的《暖暖的歌》等書，分別選自他早期的三本散文集。其次像八四年《自立晚報》出版的《金色印象》由一篇短文配上一頁揷圖印行，其文字部分僅佔全書篇幅之半。事實上，八〇年代散文集的文字總數，大部分都比七〇年代少去許多。前敍蕭白札記體散文《弦外集》總字數卽有七萬字，卻是八〇年代許多非札記體散文集的總字數；八〇年代的札記、手跡體則全書容納的字數益形稀少。

當然，名家著作量產化跟以上傳播媒體的消費性格息息相關。

(四) 傳播媒體的消費性格

報紙副刊原來是提供空白園地、讓作者自由投稿的開放性空間。自從副刊也承受市場化的惡性競爭壓力後，轉爲計畫編輯，一意揣測大部分讀者的口味，投其所好。散文之流於「短小輕薄」，副刊實不能辭其咎。

副刊是散文的最大發表園地。可是，十年來，作者如果撰寫一篇四、五千字以上的散文主動寄去，時常遭到無期徒刑的壓稿命運。副刊卻在計畫編輯下時常主動邀稿，其催稿攻勢則極爲凌厲俐落。其邀約內容則包括：文章題目、總字數、題材乃至文體等等。如係邀稿，前一天傳眞過去，次日就可以在報紙上見到，非常有效率。副刊及雜誌也很喜歡邀約名家撰寫專欄，不但限制字數，且有時也商量內容題材。就一個寫作者而言，發表媒體的配合與否大爲影響其創作導向。我們不相信八〇年代的作家特意去撰寫短小輕薄的應景文章而不願花費心力挖掘自己、不願慢慢撰寫長稿……，只是覺得報章雜誌的引導力太強。一位作家在編輯長期通緝令的追逼下終至量產化，其作品必然會造成感情稀釋、思想淡薄、主題重複、題材枯窘及思維模式的套板反應等等「反文學」現象。

出版社的消費性格也對作家的定型產生作用。出版商揣測讀者喜歡那種型態的散文，便力邀作者出版此類集子。琦君女士曾經說：其實她很想寫一些小說，可是，報紙不要，出版社也不歡迎，終至打消此意。出版社的主動出擊實不亞於報紙編輯。當他得知短小輕薄爲讀者所喜，除了主動觀察有銷售潛力的作者——包括收集其發表的文章，字數一到便邀請作者授權出版等；還主動請名家編輯這類散文選。《八百字小語》縮水爲《一行兩行情長》，亦是大勢所趨。

其次，作家出版一本銷暢書之後，出版社會希望作者再換湯不換藥的複製相近的書籍出版。這使我們再次想到臺灣不斷出現同類型連續劇的一再翻版。這其間包括了作家本身創造性意圖被功利心理埋沒的悲劇，以及市場機制橫掃人文領域的風暴。

出版社的銷售性格還表現在行銷能力上。跟影視明星一般，劇本拍完，歌輯錄好之後，就要靠出版商的推銷術了。八〇年代初期，首先把作品當做商品以企業化方式處理的是希代書版公司。他起用年輕未出名的創作者，針對最大的購買羣——年輕的中學生，選擇年輕族羣的題材及平鋪直敍的寫作方式，配以最得緣的包裝，遂在年輕的讀者市場上，旗開得勝。

（五）社會對散文的放任態度

一個社會的文化導向偏離了正成長，不能用「自然現象」就可規避責任。整個社會不重視文藝，散文當然不例外。

長久以來，臺灣的師範學校裏沒有文學教育，不曾培養文學師資。因此，連帶的中小學也沒有文學教育。社會對文學的認識不足，決非一日造成。幸而「文學」一辭的形象還好，所以，大夥都會順口說喜歡文學。在所有的文學類型中，散文最容易懂，因爲只要看得懂中國字的人就讀得懂散文。所以散文最「大衆化」。種種偏離乖謬的看法既然充斥於社會，自然不可能提高散文的層次。

這種現象在八〇年代末期，未見有改善跡象。例如，學院中仍然沒有人願意研究散文，使得濫竽充數的散文教學者繼續誤導學生觀念。臺灣有許多文學獎一直排斥散文，例如《聯合報》徵獎常設的項目只有小說獎，《聯合文學》有「小說新人獎」、製作《新人類文學》

專輯而不及於散文。國內有許多詩社，但未見有散文社。社會每有以小說或新詩為唯一文類的文學雜誌前仆後繼，而一九八四年初號角出版社創刊的《散文季刊》，則不到年底就夭折了，出版社只好改出《情話》、《笑點》，隨即大發利市。

許多人怪罪於出版社擾亂了文學秩序。其實在商言商，無可厚非。倒是有些出版社也有許多回饋社會的舉動。像爾雅、前衞等出版社出版年度詩選，爾雅出版社出版年度批評選；書林書店股份有限公司、尚書文化出版社竟然分別出版《臺灣新世代詩人大系》及《尚書詩典》；希代書版公司、九歌出版社也分別出版《新世代小說大系》及《中華現代文學大系》。不過我們相信，出版社這些壯觀的回饋行動僅在純文學界及學術界具有重大意義和直接的影響力，對於社會的文學讀書風氣而言，短期內是不會有任何立竿見影的市場回收。

有論者憂心出版市場的混亂，將導致劣幣逐良幣的現象，其實在創作與學術界這並不是眞正的問題，因爲歷史告訴我們，通俗文學一向是佔據枱面的籌碼，純文學往往曲高和寡，立命於少數人中間。令人憂心的只是此一現象往往會導致創作人才的流失、社會文化層次的低落。

存身於這樣一個文化環境中，散文創作者當如何自處，實是非常重要的事。尚未名成利就之前，如果不跟著潮流走，幾乎出不了頭。一旦出了名，又如演員般被定型，苦於不得脫身。在八〇年代，稍具知名度的作家，除了被分派命題作文，都還有推不完的外務：演講、書評、編書、接受媒體訪問、文學獎評審……乃至時常身不由己撈過界，要做些與文學毫無關係的事，像參加社會問題座談、上綜藝節目、拍公視、當電影導演、演員等等。如果立意成爲嚴肅的作家，不要埋怨爲環境所逼而寫不出好稿子。我們相信這是一個相當有自主權的時代，作家有相當大的空間可以自由發揮。但是在此之前，必須先學得免於誘惑的毅力。

一九七五年王鼎鈞在爾雅出版社出版《開放的人生》，此書甚爲暢銷，實開當代臺灣金句文選的先河。他接著又自印推出《人生試金石》、《我們現代人》，合稱「人生三書」，暢行不輟。除了後來自印的《靈感》一書與前類似，他並沒有繼續不斷複製這種短小的篇章，反而開始《碎琉璃》、《海水天涯中國人》、《山裏山外》、《左心房漩渦》等散文集的構築。他能在急流中勇退，顯然認知以短小篇幅要承載厚重內涵之不易。王鼎鈞的務實之功與創作的成績，足以說明純文學創作在臺灣仍大有可爲。

(六) 消費性文學的社會功能

近四十年來，臺灣社會的購書能力一直成等比增加。可是識者皆知：純文學閱讀人口卻一直在等比下降，一般文學的閱讀人口也越來越少；有人預測這種趨勢將延續至九〇年代，臺灣文壇在世紀末更形沒落已爲不爭之議。此一問題當爲教育界及文化當局所關切。就純文

學創作而言，作家仍能從中得到靈感來創作。林亨泰詩〈流行作家〉云：❹

又有人在那裏
刷刷地寫
然後
輕輕鬆鬆地被讀完
簡簡單單地被了解
然後
讀完歸讀完
了解歸了解
然後
又有人在那裏
刷刷地寫
然後
輕輕鬆鬆地被讀完
簡簡單單地被了解

有此現象才使詩人有機會創造一篇諷刺文學，可見此一文化環境對創作者而言，仍有其功效在。事實上，事物之成爲消費品，其存活的時間必然相當有限。衡諸金石堂等大型通俗書店，其文學類書籍的流動量極大，自然的淘汰率很高，此爲消費品的必然命運。可是站在非文學立場，消費性文學對社會仍然不失正面的意義。

迄今爲止，市場上所謂的文學暢銷書，一直都得不到文學界人士認同。可是，在文學教育尚未步上正軌之前，這些青少年愛讀的通俗書籍，卽使不視之爲文學，至少是休閒讀物，提供青年一些人生經驗、一些白日夢素材——曾經在少男少女間盛極一時的瓊瑤作品便是代表。比諸許多戕害青年身心的異色錄影帶、賭博性電玩及飈車等活動，它還是較爲無害的精神食糧。

事實上，還有些具有積極意義並以文學性爲包裝的書籍，對身心正在發育的青少年具有指導作用。例如傅佩榮大量指導青年人生理念的哲理散文，又如愛亞專爲青年而寫的《給年輕的你》、《給成長的你》等書，皆是關懷、牽引青年成長的書。此類的作者還有許多，像沈清松、謝鵬雄等，其寫作的本意就充滿社教用心。

在多元化的社會裏，有各種行業的熱門公衆人物，他們的一舉一動，都在不知不覺中成

❹ 見《跨不過的歷史》，尙書文化出版社，一九九〇年五月初版。

爲青少年角色模倣的對象。可是，我們看到威名赫赫的影視明星、政治人物，少有在行爲言談上足爲青年之表率者。倒是通俗文學的名家，經過「文學」包裝形象，比媒體上以糾打姿態現形的政客，以畸戀號召的明星，要來得有益於青少年。

臺灣文學教育的功效不彰，所以今天幾乎所有的文學愛好者，都是早年獨自從流俗文學中摸索、提升而後再拋棄它，才進入文學殿堂。既然我們不容易改革文學教育，則也不宜把踏入文學的墊腳石撤走，否則臺灣的文學人口將會更形稀少。

三、八〇年代臺灣散文創作特色

在八〇年代的文學環境中，臺灣文壇仍然有不容輕忽的散文作品——雖然在產量上遠比不上通俗散文。其實包括部分通俗作家，在此一競爭極強的社會，也有生存壓力，也要上進、尋求突破。我們不能率爾判斷通俗作家就沒有晉升機會。事實上，文壇有些作家雙管齊下，通俗與嚴肅同時操刀，既可以煮字養生，又可以維持創作慾於不墜。由於仍然有這些人努力在散文的沃土上大力耕耘，所以八〇年代的散文創作仍然產生部分和以往不同的特質，這些特質並不一定是普遍現象，有些可能僅存在於少數作者作品，也可能是繼承前人而發揚光大的轉品。筆者認爲它們在散文的流變中可能會有意義或具影響力者，歸納數點如下：

（一）創作手法的精緻化

文學類型的演進模式，是由粗獷走向精緻，其「律」則是越來越精細巧妙，粗獷與精細之間並沒有好壞的價值判斷。八〇年代散文的精緻特點有：

1. 文字的搔首弄姿

五四之後以迄三〇年代，散文語言講究純粹的口語，雖然行諸文字仍然是異乎口頭的語言，但是若與八〇年代的散文語言比較，則前者口語氣習甚濃。現代散文的語言汲取中國文言文的簡練、吐納西方活潑的句型，許多作者尤喜折衷兩者之間，並刻意造就一己獨特的自家寫法。其方法實不勝枚舉。

例如刻意裝飾文句。一個意思原來可以用短句交待清楚的，卻用了長句。反之有的需要長句說明的，卻用短句濃縮。有時一層意思，一句話便可以交待的，卻用了兩三句；或者相反，把許多意思擠在一個句子中。有些則是在主句中加上較多的形容詞或子句。有的改變一般的文法或詞性。……凡此種種無不意在美化裝潢文字，筆者姑稱之爲「搔首弄姿」。

以簡媜散文爲例。她撰文時常不喜屈於「常態」，愛用變格。試看：❺

……我爬上屋頂，抱滿懷的枯葉，從屋頂灑下，見滿天片片，片片翻舞，翻舞而下，又是多麼攝人的仙降之姿。《月娘照眠床》（二七頁）

那棵大樹，長得真是高大，條長的枝椏往天空左擁右抱前伸後仰地，輕而易舉就托住半個天空。《水問》（八頁）

第一句不過是說把屋頂上的枯葉丟下。作者運用慢鏡頭，拉長了竹葉落下的時空，以呈現它款擺的姿態，其間又刻意在這麼短的句子中運用頂眞辭格，其意乃是要烘托最後一個意念：「仙降之姿」。第二句的正意在前十個字已經全部托出，後邊的子句在修飾時還是以繁複的姿態出現，「左擁右抱」與「前伸後仰」是意義複疊的修辭。

早期散文家的修辭目的大抵是強化文意。近年的作者時常還想裝潢文字，且刻意另闢蹊徑。這就是爲什麼有學者認爲許多新世代作家「連文字都不通」的原因所在。簡媜的文字有許多是極富「創意」的，例如：

曾經，每一度春光驚訝著我赤熱的心腸。《水問》（一五七頁）

寺在山林裏，樹的顏色是窗的糊紙。《水問》（一二五頁）

但是，縱然你已聲嘶力竭，倒在人世炎涼的塵土上，請你也要匍匐，匍匐去找生命的泉水，請你不要停止地尋找，找到天之涯，地之角，找到天黑，找到黎明，找到生命的盡頭，找到所有的尋找不再可能。《水問》（一九一頁）

你……還是一副詰屈贅牙的驕傲，不言不語。《水問》（二二六頁）

第一句爲扭曲的誇飾格。人類面對欣欣向榮的春天而產生赤熱的心腸原很習見，但過分誇張，也導致文法扭曲。第二句和第一句類似，易遭「不通」之訾。第三句許多類疊句法已有架床之實，而類句中「找到天黑」與「找到黎明」都是斷章而意不完足者。最後一句讀者雖能會意，但也背離文法頗遠。最後一句則應是「詰屈聱牙」成語的「錯」用。

以上的解釋可能爲作者期期不以爲然，因爲這些出格的地方，可能正是作者靈感所到、得意妙想的結晶。筆者想要指出的是，像這一類出格甚多，乃至造成閱讀障礙的文章，在八〇年代的散文中已成爲一股風氣。一旦作者成名後，愛好文藝的青年閱讀名家時，常不知辨

❺ 以下引文見《月亮照眠床》，洪範書店，一九八七年二月初版；《水問》，洪範書店，一九八五年二月初版；《只緣身在此山中》，洪範書店，一九八六年二月四版。

識，只要發現「與衆不同」，便競相模倣，實易造成誤導。❻

簡媜個人文章的魅力來自她對世界坦誠相見時有許多常人所無的驚喜與傷痛，她之勇於深掘自己的心靈，以及意念表出時的婉轉嫵媚皆有可觀之處。她的文字固是調皮且俏麗，但時常走在懸崖險灘，叫人捏一把冷汗。然而才氣不足的人如果也走這條路，成就的是扭捏作態或臃腫滯塞，亦是不忍卒睹。因此，我們把這一路名之爲「搔首弄姿」。此一風格，跟前行代吳魯芹的「明淨體」、梁實秋的「雅舍體」明顯不同。

以上所談並非指八〇年代散文文壇上大部分作家的全體現象。事實上，仍然有許多作者習用乾淨俐落、簡潔明快的語言行文。老一輩者如琦君、艾雯、徐鍾珮，中生代者如阿盛、林仙龍、履彊……等，仍然不失其落落大方之文風。筆者特意指出文字之刻意求工者，實是現代散文在邁向「律」的行程中的現象之一。

2. 意象的跳躍變化

意象原是文學作品意義構成的基礎元素之一。透過意象旨趣的繁複投射，形成作者情緒綜合的媒介，傳達出種種特殊的訊息。是以，文學創作必然含有意象的符號功能。現代散文又何獨不然？此處所要提出者，乃是八〇年代，有些作者對於意象的處理，有較爲活潑的方法，不僅將感官式意象與心理式意象互相搭配、互相烘托，而且意象羣的組合及跳躍繁衍都有較繁複的變化。試以張曉風〈書·墜樓人〉爲例說明。

本篇敍述一個夢境，夢中主角經過一座山頭，恰好瞧見一座跟山齊高的書樓。主角俯身望見衆生在書海中勤學。她也想爬上最高層去讀書，不意卻失手墜落。身子往下墜至半途時，她手裏多出一團泥，順手就捏成一張臉。在她墜地而死時，她看見那片泥塑的臉，是一件完整的作品。

這是一篇假托夢境的寓言。下墜死亡的是主角的血肉之軀，而親手捏出的泥塑之臉則是主角完成的另一個不會死亡的「我」。泥塑之臉：「不但上了釉，而且也經過燒窰，變成一件很完整的作品了。」本篇意象的流動是上下游走式的格局。首先出現的是書樓，彷彿由山谷中緩緩昇起一直到與山峰齊頭；浮現書樓與山峰並高的意象——此處是由下而上游走。山頭的過客俯身下望，見衆生在下邊讀書，「我」乃決心下去走一遭，但她仍停留在頂

---

❻ 在簡媜作品中我們就可以發現這種例子：

三柱淸香的虛煙裊裊而升，翳入你靈魂的鼻息之中……（《只緣身在此山中》一六三頁）

上文的「翳」字用法顯然來自徐志摩〈我所知道的康橋〉：

……「炊煙」彷彿是朝來人們的祈禱參差的翳入了天聽。

對著這冉冉漸翳的金光。

朱自淸在〈我所知道的康橋讀法指導〉中指出，該文內兩次錯用「翳」字。但是在靑年讀者看來，這「翳」字在名家手下用得如此特別，必認爲是神來之筆。

層——此處是由上而下而又回溯於上。書樓的大廳上有許多人在讀書，而「我」想讀的是最高處的藏書——此處是由上而下。「我」從天花板失手墜向千尺以下的大廳——此處是由上而下。墜至半途，「我」手裏多出一團泥捏成一張臉——此處主體意象分裂為二：那象微血肉之軀的「我」死去，而被血肉之軀的「手」所「捏」出來的另一個「我」卻得到完整的形貌。主體意象由「分」中復又「合」——完成本篇的主題，把作者的自我期許詮釋得不著痕跡。

本篇的意象系統周密而有變化。可惜文章最後兩段及倒數第三段尾部成為累贅，若能刪除，則文章至上引文中：「變成一件很完整的作品了」及時歇筆，如此則由上急墜而下，至地下時倏然呈現一件「作品」，既突兀又合理，而且在最後呈示主旨的重要意象上戛然而止，力道更形遒勁。❼

3. 文意的轉折呈現

婉轉原是散文創作中共同的特色。然而，現代散文長久以來，被當作張口見喉的簡單文類，於是許多人忽略了轉折呈現的妙諦。近十年較注重創作的格律，部分作者已注意及此。散文的婉轉呈現可以由主題的含蓄訴說到間接影射乃至用寓言表達等等，值得提出來討論。以下試舉王鼎鈞〈明滅〉❽一文以見一斑。

〈明滅〉最具含蓄轉折之處是全篇主旨著落在敍寫鄉愁，可是，通篇不著「鄉愁」一詞。題目「明滅」二字在文中也僅出現在第二段「一明滅之間」，它也暗示與家鄉接通訊息前後，實是界於明與滅之間的生命情境。文中的「我」時年六十歲，在他二十一歲時離開中國大陸，一別就是三十九年，此時接到家鄉親人的信，這封信給當事者的生命極大的衝擊。

主角已經六十歲，可是他的生命早在二十一歲離開大陸時就被切斷了。被切斷的意義不僅是離開大陸親人而已，同時也是兩個封閉世界互相對立的悲劇。如此殘缺的生命，在主角意識中一直無法黏合，直到接信那一刹那：「我那切斷了的生命立時接合起來」。

其實生命如何能被切斷呢？主角是存心把前半生封閉起來：「我把三十九年以前的種種知覺裝進瓶子，密封了，丟進蒼茫的大海深處……」事實又不然，他不能忘情、不能無怨，事實證明是他的生命被強迫切斷而非自願切割，於是種種悲情轉化爲夢境及幻覺。

本文把被切斷的生命以象徵方式表達。第一次是他夢見自己犯了死罪，被送到刑場讓劊

❼ 以上〈書・墜樓人〉見《我在》，爾雅出版社，一九八四年九月初版。有關意象的基本觀念，以及意象在散文中的組成方式，筆者在拙作《現代散文構成論》（大安出版社，一九八九年三月初版）第二章中曾就「單一意象」、「複合意象」、「意象羣」及「意象系統」四者論述，此處不再重述。

❽ 見《左心房漩渦》，爾雅出版社，一九八八年五月初版。

子手一刀斬成兩段，上身猶忙著要用手指蘸染自己的血在地上寫字，這是多麼不甘的心聲。

第二個象徵是他在百貨公司看見西褲模特兒「橫隔膜以上的部分蹤影不見」，正影射他的生命形態：「這種盛裝肅立等人觀看任人議論的日子怪熟悉的。」

接著他又做了下一個夢：他的身子分爲上下兩半，正用下半身追趕上半身。並一路呼叫：「喂，喂，你就是我，我就是你，我們爲什麼要分開呢？」當他醒來時，想起西褲店的模特兒只要腰和腿，首飾店的模特兒只要指和腕……第一人稱敍述者正是說：沒有生命的東西才可能存在著不完整的身軀。有生命的人，怎麼忍受得了？

最後一個象徵是他翻土種花，無意中把一條蚯蚓切成兩半，親眼見證一個活生生的生命被切成兩半，眼睜睜互相對視。就敍述者的詮釋：他對蚯蚓的傷害原是出於無心，正像造物之於我們，切斷我們的生命也出於無心：「在造物者眼中，我們不過是一條蚯蚓。」其無奈之情可以想見。

本文通篇都建立在譬喻及象徵上，生命譬喻成黑板，知覺被裝進瓶子，上半身雙關爲「上半生」……等等巧喻，無非都要把主題更婉轉的表達出來。由於譬喻、象徵的廣爲使用，使得文章的指涉意義十分婉轉內斂，不易呼之卽出。因此，文章也帶有較多的歧義空間。例如本篇可說是一篇典型的懷鄉散文；可是，再仔細看，文中的主角不正可以影射中國嗎？民族的分裂、國土的破碎，正如人的身體之割裂。加上這一份詮釋，則本篇更添上一份沉鬱之美。

文意轉折呈現不僅僅是一種技巧，直接涉及到的是思想性的存在與建構。散文的修辭已經不再是內容的裝潢，而是構成形式連續性的要素，因此文意的輾轉呈現便和意象、修辭的鍊結產生了意向和符號的交織現象，這也是散文形成一個藝術體系的奧秘所在。因此如何巧妙斡旋文意，也是深化散文思想的關鍵和進行變革的重要基礎。王鼎鈞在八〇年代的成績勢必有其不可忽視的地位。

4. 時空的變化結構

早期散文的時空結構大抵是平面的。即使是敍述一件長達數十年、空間綿亙數省的事件，也是用電影「停格」的方式，經由連接的平面組合來處理。近年散文的時空組合較爲複雜活潑，以下試以余光中〈秦瓊賣馬〉❾爲例說明。

如果照一般撰文的習慣，本篇題目就是〈賣車記〉，作者偏不喜隨俗，也可以說明他的時空結構也不會平平常常。

秦瓊賣馬，依依不捨的是被賣的馬，而本篇所寫的主角賣車，則是主角對舊車一往情

❾ 見《記憶像鐵軌一樣長》，洪範書店，一九八七年一月出版。

深。文首由秦瓊典故始，第二段立刻進入主題：主角賣馬。接著引發議論：「對於古英雄，馬不但是胯下的坐騎，還是人格的延伸，英雄形象的裝飾……馬反映了騎者的個性，汽車多少也是如此。」並引實例爲證。接著再跳回賣舊車之情與賣車的緣由，結尾止於不得不分手的「秦瓊情結」。其車名爲「得勝」，造形俊美如綠玉，依敘述者之理，應該也反映著主角堅強好勝、完美少疵、處處風光的性格情境。

賣車原本是一件非常單純的事情，本篇卻讓文字穿梭於古今時空之中。其文學的心理時空則設計於統一時空與差異時空的轉換。所謂統一時空是指歸納在同一情境中或相同範疇中的時空，相對的差異時空是把同一時空區隔爲不同的心理情境。此二者皆有別於現實中的時間空間，故爲文學的心理空間。本篇各段反覆使用統一時空與差異時空，都進入作者的概念論辯中，統一時空的外在主軸爲「車」，這部「得勝車」經歷過許多地方、許多事件、許多人物，都由「車」串連起來，全篇的意象系統就是車，可說是很穩健的文章。文章的內在主軸則爲觀念的論辯，這裏出現作者最常見的寫作方式：透過觀念的論辯來轉換時空。

本文處處可見時空性的比較，例如談「車性卽人性」段中，敘及駕車比騎馬過癮，出現車子內外時空的差異，也有古今時空的差異。又如敘及前後用過三輛車，前兩部奔馳於新大陸，「得勝」只能屈居香港彈丸之地，此段開頭由「現在」的敘述很快跳回「過去」的敘述，地點則由美國——香港——美國，空間也是快速轉換。本段尾部說：「有一次我曉發芝加哥，夜抵蓋提斯堡，全程六百英里，在香港，我一個月也開不了這麼多路。」這裏明顯是用很短的時間開很長的路和很長的時間開很短的路來做比較。諸如此類，敍述進行的本身就充滿時空感。

余光中的散文一向注重節奏感。造成其文章節奏的原因有許多，仔細看，時空的轉換也影響了節奏。例如仔細介紹「得勝」的身長尺寸、形貌光彩等等時，採用細筆慢慢勾勒。段中轉入「四年的日子就繞著這圓盤左右旋轉……」則概括性的介紹四年與車相處的生活。全段節奏由慢轉快，可見節奏感能由時空的拉長與縮短來控制。同理，也可以在前敍三輛車的段落中看出節奏的鬆緊起落。

喻麗清的〈盒子〉⑩是另一個例子。它將現實與時間混融在一起，產生互相疊套的效果。首先是她所敍述的現實時空。在現實生活中她喜歡收集盒子，而每個盒子都再度成立一個密閉的、獨立的空間，其象徵性隱喻了現實的多重時空疊合，盒子的內外形成不同的時空領域。如果盒子裝的是一些無關緊要的東西，則僅是分隔物類的空間，其時間則仍然繼續進行。如果盒子放置有紀念性的東西，它就產生相對於外界的特殊時空，收集了很多有意義的盒子，就會產生許多特殊時空。女主人擁有許多盒子就意味著她擁有許多特殊時空。

⑩ 見《聯合報》副刊，一九八六年九月二十六日。

文中兩度提及希臘神話裏潘朶拉的盒子，又成爲一個極特殊的時空。其環境背景皆非現實的時空——恰好跟作者的時空對立，成爲一個具備歷史縱深感和神話氣質的寓言。在兩相對襯下，它超越了特殊的時空，進入現實中又回過頭來影射當代。潘朶拉的「盒子」跟當代相對，又隱括當代，「當代」又成爲物品被裝進了潘朶拉的盒子中。如此遂產生神奇的時空轉移，其巧妙自不待言。

時空的轉換變置，幾乎每位作者都有其習慣模式。例如余光中常以觀念的論辯來調度時空，喻麗淸則喜歡以意象的承接轉遞。有些作者則喜愛把時空或疊套呈現或大小漸出，方式不一而足。

在以上四點探討之後，筆者繼而提出一個界於技巧與風格之間的問題；近十年來，文學的消閒功能日益擴張，因此，詼諧逗趣的散文極受讀者歡迎。以致書肆充斥著風趣俏皮，或打情罵愛的文集，乃至《笑林廣記》式的「笑點」叢生。可是，文學性的幽默散文則極少見。在衆作家中，阿盛的鄉土幽默散文則很値得注意。他跟一般有戀鄉情結的鄉土作家不同，能跳出成長的童年家園，鳥瞰舊社會的眞相，也能面對新都市的種種問題。因此，他能保有一顆超然觀物的心來臨視新舊社會。更重要的是，他具備中國人少有的幽默感，在一片笑聲與淚光中，讓我們重新臨視新舊家園。

眞正的幽默是以寬容的心、莞爾的笑臉面對人世的缺憾。阿盛處理題材時，不會冷感漠然，也不致激動而陷進情緒中。他的文字亦莊亦諧，尺寸拿捏恰到好處。不但需要胸懷，還需要技巧。這種特色值得發揚。

(二) 文類的整合融滙

早在三〇年代，文學創作者就有文類相混的情形。朱自清在一九二二年作〈匆匆〉，作者自認爲詩，後收入其詩集《蹤跡》，後有人視之爲詩，有的當作散文。一九八六年兪元桂等人主編《中國現代散文詩選》收一九一八年—一九四九年間的散文詩百篇，其中大部分作品都是散文與詩界限模糊之作，基本上詩質較少，以散文爲多。

冰心的〈關於女人〉在一九五四年人民文學出版社出版的《冰心小說散文選》是收進小說類中；一九八四年《花城》第四期，冰心自訂〈文學創作簡目〉歸爲特寫集一類。又如許地山的名篇〈讀芝蘭與茉莉因而想及我底祖母〉一文，楊牧同時將它編入《許地山小說選》及《中國近代散文選》。早年的詩、散文、小說之混淆，筆者以爲是作者對三種文類的界定不很清楚而造成，並非刻意讓文類出位。

在八〇年代，也出現許多介於數種文類之間的創作，有些是作者習用某種文類後，想開發另一文類領域，其過渡過程中，產生兼具兩種文類特色的作品。有些則是創作者不滿既有散文文類的單純性，蓄意向其他文類尋求營養，以突破類型界限，希望藉此別創一格，開拓一超越文類的新局面，在在產生文類整合融滙的現象。一九八七年四月，《聯合文學》第三十期刊出羅智成〈無法歸類的專輯〉，實是一次賣力的演出。八篇作品融貫出作者對於正文突破文類區隔的野心。饒富意味的是，當時《聯合文學》目錄上仍然標示各篇的文類屬性。基本上，我們覺得連號稱「無法歸類的文體」的第一篇〈泥炭紀〉，亦可納入札記體裁。

散文對其他文類的吸收，最明顯的是小說中的敍述、現代詩中的意象、戲劇中的對話以及電影中的運鏡等等。並不是散文一旦出格吸取其他文類的特質便能成功，失敗的例子也很多。但是如果實驗成功，則可能是文學新生的契機。

早在七〇年代，葉維廉、楊牧等以詩爲主要創作文類的作者，就同時把詩法引進散文中。葉氏大部分嘗試用扦揷法把詩納入散文，也就是在散文中鑲嵌現代詩。他的個人習慣一直到八〇年代並沒有多大改變。例如一九八二年發表的〈我那漸被遺忘了的臺北〉⓫中有：

> 譬如那時候的貴德街吧。當你走在那條時間被靜止在深巷的街上，看著兩旁荷蘭式的雕欄的陽臺，英國式的門閣，法式漢味的樓梯……聞著從倉庫深處飄出來的濃烈的茶味，突然彷彿

自遠遠的河面
顫動著
雨霧中寂寂的屋脊
馬蹄由卸貨的碼頭
一路得得的
把狹窄的一條小街踏成一支歌
孩子們從黑色的地窖傾出
追逐著
還在弄衣帶的女子們的背影
神秘的茶葉洋行
終於把不測的深度
開向稚氣好奇的眼睛

頓然，我們彷彿回到了清代的日子裏，常載著福建來的紅木荔枝家具、黑綢布、一些石板、一些古玩、和唐山的種種異品……

⓫ 見《聯合報》副刊，一九八二年四月二十六日。

所謂扦插，就是把詩段橫插進散文中間，上引文在詩的前後雖然有少許文字在詩段前後做為潤滑劑，使得詩段插在中間不會顯得突兀。可是要視之為散文有機的一部分則又未必然。蓋如果把詩前的「突然彷彿」至詩尾文首「頓然」刪除，並不影響全文的結構與文意。楊牧的辦法則屬融合式，把詩法化入散文文體中。一九七六年他出版的《年輪》⓬即是典型之作。而在一九八七年出版的《山風海雨》⓭更能見出文類融滙之功。例如〈愚騃之冬〉結尾：

> 我毛骨悚然，趕緊蹲下，坐在屋角喘氣。前面的竹林陰風習習，在左邊傳來豬的鼾聲，陽光照滿乾癟的空地。我站起來冒險走進那竹林，感到一種解脫的沁涼。陽光在變化，以千百種不可捉摸的彩色在我眼前飛舞。我的心劇然地跳，聲音像小鼓，即使在我奔跑的時候都聽得見，鼕鼕，鼕鼕，這樣隨著那紊亂的彩色響著。我跑到高壓電線下，坐倒在苦苓樹蔭裏，汗水浸濕了我的身體四肢，鼕鼕，鼕鼕，心跳的鼓聲滙入高壓電線嗡嗡的長吟。

上文是描寫少年處於「竊聽」與「亡魂來到人間」兩種懼怖情緒下的一段心理感覺。文中充滿詩的意象，變化的陽光與不可捉摸的詭異彩色，不僅是外在的實景，也雙關人物的內在情境。此段不僅有色彩且有聲音，並有豐富的感覺性。

又如〈一些假的和眞的禁忌〉中敍及春耕季節，戰事發生，無知少年正在學校上課，其中一景是：

……有一天早晨升旗典禮後，一個男老師上臺演講。他帶著濃重的口音，感性大聲地講話，操場裏靜悄悄，那敲鐘的校工也站定走廊下傾聽。教室屋頂外飛過一羣燕子，春耕的季節，它們忙於覓食。燕子隱沒在樹園後面，我聽那人斷斷續續在說「共產黨」，燕子成羣撲向河水的方向。校外一枝大煙囪，這時風向改了，微風從海上來，只見虎虎的黑煙一時籠罩了整個操場，正好覆在我們頭上。那人又提到一次「共產黨」，煤屑紛紛落下，燕子不知道去了那裏。我游目尋覓，以為風向再變的時候——果然黑煙稍稍吹離了操場——燕子們將自樹園一角翻出，那是春耕的季節，風自海上來，習習向羣嶂山嶺吹去。

透過天眞少年的觀點寫戰爭在人間撒下的陰影。本段同時處理許多鏡頭：一、男老師正

⑫ 《年輪》，四季出版社，一九七六年元月三版。

⑬ 《山風海雨》，洪範書店，一九八七年五月初版。

在演說跟共產黨有關的戰事，此一連續性鏡頭出現三次。二、教室外的燕子連續出現四次。三、校外一枝大煙囱落下煤屑，連續出現三次。此外，還有「風」參差出現兩次。這許多「景」是互相參差著出現，產生畫面與影像的交替映現，具有電影與詩的蒙太奇效果。這些意象系統又分別呈現主次地位，站在講臺上的老師爲主場景，由它首先出場，使鏡頭分離，最後再扣合在一起。它具有詩的凝鍊，使欲表達的情感深沉蘊藉。類似這種將詩質與電影分鏡化入散文形式中的努力，和卽興地將詩摘擷拚貼進散文中的作法已不可同日而語。

近十年來，詩人而兼寫散文者，大抵都自然會把詩法介入散文創作中。例如羅門、管管、羅智成、杜十三、陳義芝、向陽、林彧、許悔之、竺溪……等等。散文家本身或者小說家寫散文，有時也會出現詩法。例如張曉風、蘇偉貞、簡媜……等等。

散文與小說結合的例子也相當多，且此風不僅始於八〇年代。大致上，散文的敍述性加強，故事情節增多，並使用第三人稱觀點，全篇含有一個較具體的「故事」等，就有小說化的傾向。早年余光中、王鼎鈞、邵僩等人都有過實驗性的創作。在新世代中，阿盛、林彧、林文義、黃凡、簡媜等人也都不斷有創作。但是，以散文爲主要創作的人，一旦向小說進行試驗時，其散文的餘痕常歷歷在目。以林文義而言，王璇在爲林氏的《無言歌》作序時說：

這本書中的幾篇，是介於散文和小說之間的作品，也是林文義在寫作過程中從散文走向小說的一個記號。

林氏在《撫琴人》⓮一書中已向小說探路。其中〈車窗上的雨〉、〈聚散〉、〈信箱的故事〉、〈最後一場電影〉等篇以及《無言歌》卷二〈紅塵心事〉及卷四〈愛與別離〉，皆爲王氏所指的中間文類。若仔細看，它們仍然保存太多散文的特質而少見小說的要素。其具有小說特質的地方在於：以第三人稱觀點敍述，每篇都交待一個具體而微的事件，有些篇章並試著做觀點的轉換等等。但是，這些並不是小說的充分必要條件。第三人稱敍述觀點時常僅製造虛構的假象，事實上「眞正的小說」不也時常運用第一人稱觀點嗎？檢驗林文義中間文類的散文特質，有以下幾項特色：

1. 人稱的使用

雖然使用第三人稱主角敍述觀點，如果讀者可以輕易把主角轉換成第一人稱，而不會妨礙全篇的結構。則其刻意改變觀點視角僅是在做形式上「假性虛構」的煙霧。

⓮《撫琴人》，九歌出版社，一九八七年元月初版；《無言歌》，九歌出版社，一九八八年五月初版。

2. 文章「主角」皆爲同一類型人物

林氏散文的男主角——都很像作者自己——是一位悲觀的男人，他有不甚美好的童年、有痛苦的過去、他永遠抱著一個悲哀的夢，往不可知的遠方旅行，是去逃避而不是去追求。他寂寞、憂鬱、悲觀、消極、孤獨而流浪，包括身體與心靈的流浪。愛情不能滿足他、婚姻不能約束他。他，可以說是一位性格的不幸者。

這樣的人物特質，在他較具小說性的文章角色身上，仍然一覽無遺。說得確切些，每篇文章的主角都是作者的化身。它僅僅換湯不換藥把人物的職業或家庭背景稍做調整。就一篇感性散文而言，作品中的書寫者（real author）與編撰作者（dramatized auther）、編撰敍述者（dramatized narrator）及隱藏作者（implied author）時常可以重複爲同一人。可是小說不然。書寫者與編撰敍述者及編撰作者必須截然劃分清楚。林氏的「小說」中男主角的性格、氣質及處境跟散文中的「我」幾乎一致，都缺乏自我終止的能力，充滿自戀色彩。⑮至於書寫客觀人物的文章，如〈寂寞的銅像〉、〈最後一場電影〉等，則是作品中的隱藏作者成爲書寫者的投影。

3. 人物不能形象化

散文集可以允許全書都在描寫主角個人的某些或某一種特質。小說則不能篇篇都在重複一個形象。林氏「小說」中的男主角性格非常統一。而且他們的特質大部分是由作者「介紹」出來，而不是由人物自己「表演」出來。饒是如此，男主角還有一些特定的氣味可以捉摸。而女主角則不然。她們在所有的「小說」中幾乎都是一個影子，非常抽象；都是諸如「美麗而慧黠，微笑的唇形似乎標示著她的某種溫婉……」、「長髮的女子微笑起來的唇形總是十分好看。」、「她的側面看起總是有些憂傷，若有所思似的，眼眸裏彷彿有霧，一片讓他心疼的茫然。」、「一張靈氣慧黠的臉，好像似曾相識，事實又十分陌生。」這些只能呈現概念化的影子使得她們沒有自己的個性、語言與動作。尤其是動作，女主角太少機會自由行動，她們只能：「有時候，她也會使點小性子，發點年輕女子的脾氣，那大約是她偶而憶起他曾經有過的遙遠的往昔；憤而轉過身，背對著他，並且流下兩行淚水。」等等。

就散文的立場看，作者一系列雕刻出來的女子形貌其實只有一位——面貌非常模糊——卻是作者內心一直不斷在人寰中尋尋覓覓的朦朧的「女神」大樣。偶爾出現一位跟其他女子不太一樣的女子——像〈天涯路〉中女主角，則這位女士又儼然是任性的男主角們的翻版。

⑮ 例如文中一再強調主角已「微近中年」。從別人身上，他總是習慣性的想及自己的過去：見清純的中學生便想起「昨日的自己」，看見年輕的士兵又覺得「酷似十年前的自己」，見兒童就彷彿看到「童年的自己」……等。

4. 散文語言蓋過小說語言

林文義作品中屬於敍述的部分往往快速交代「情節」，描寫部分則幾全爲散文語言的直接介入，在小說中形成不必要的冗文贅語。小說最重要的敍述，其功能在此成爲介紹情節的大綱。其次是，在散文語言中，可以允許作者站出來，小說則不然，林氏的中間文類出現太多作者判斷的、肯定的文字。

《無言歌》中小說性較強的當推〈備忘錄〉。其十節之中，作者在六、九節轉換觀點，由男主角改爲女主角及全知觀點，但是第六節的轉換並沒有什麼意義，而第九節轉換全知觀點其目的是交待女主角被車撞倒。由文中看，她乃因此而去世，這樣的結局——用意外事件收尾，爲散文所允許，且很能說明作者既害怕悲劇，又嚮往悲劇的矛盾性格；若在小說中則淪爲作者收拾事件能力不足的口實。

以上所談，乃是想釐淸林氏散文和小說之間在本質上的區別。事實上，一位作家熟習於常用的文類，要轉換文類創作，有時並不容易，這種現象在簡媜小說中也存在著。⑯他們共同的問題在僅依靠個人生命的經驗性資本寫作，在少量創作中會出現回歸散文文類的現象，在較大量的創作中，容易造成自我重複。

王璇的散文有一篇中間文類作品〈童孽〉，⑰它是用第一人稱主角觀點來敍述一件童年事件。從作者其他的散文可以看出，這篇文章所寫的確是作者童年時發生的事情。例如他的童年是住在大肚竹林中的三間小茅屋，他自小調皮搗蛋等。本文中主角姓王，綽號「尖鼻子」，他曾經在臺中中興大學客座教書……種種線索，可以說明本文的「眞實性」。可是單就文章來看，它具有小說的虛構性。因爲作者把它抽離出來，雖然是第一人稱主角視角，並不妨礙它客觀描寫與敍述的立場。

〈童孽〉很能掌握文中描寫與敍述的分寸，該仔細刻劃時則用描寫，以凸顯人物性格。在處理事件進行時，則或用敍述交待或以對話呈現。全篇中人物的性格，包括第一人稱主角及那位口吃的「客人仔」成爲對比鮮明的人物，都非常生動鮮活的在文章中站立起來。全篇的結構也曾精心設計，文章開頭：「當一個人禿了頭髮的時候，他會懷念用過的梳子……」看似與該書第四輯中其他文章一般有套板開頭之嫌，實則不然。本篇第一段成爲全文的大伏筆，也是結尾說他想起童年時：「總是忘不了那個有著兩片葉子的南瓜。」遙遙呼應。使本文更具小說性質的是，本篇具有相當知性的思考成份，小說家經常表達對人世較立體客觀的

⑯ 參見簡媜〈在星空與臥榻之間〉，收入《新世代小說大系・愛情卷Ⅱ》，黃凡、林燿德主編，希代書版公司，一九八九年五月初版。

⑰ 見《船過水無痕》，洪範書店，一九八五年一月初版。

看法，不似散文家僅僅傳達個人的內心感受。本篇跳出一己小我，把人類的兩種類型：溫柔敦厚、老實木訥、念舊懷鄉的人，與冷面涼心、機靈巧變、有回憶而不牽滯的人物做一對比演出，其價值判斷全由讀者來決定。

中間文類的形成，有些是基於無心，例如習於寫作小說的黃凡，一旦寫起散文，則充滿小說的趣味，[18]有些則是作者有意，像余光中、楊牧、王鼎鈞以及都市散文作家的作品，都具有相當的實驗性質。

（三）文藝腔調的消長流變

所謂「文藝腔」是指常用的、因襲的寫作方式，有的是作家在自我形成的體系中慢慢塑成一己的固定模式，有的則在文壇間長期流行，成爲一股衆人因襲的風氣。文藝之有腔調，是它有別於口語語言的腔調，也有別於記錄文字的腔調。散文被視爲美文後，就存在著它特有的文藝氣質與裝飾調門。

五四之後，明顯形成衆人共同文藝腔調的，例如以冰心爲首的抒情散文、以魯迅爲首的諷刺雜文、以林語堂爲首的閒適小品、以周作人爲首的學者散文……等等，都不斷有人追風步趨，其中影響最廣遠者應屬冰心體散文。

冰心自一九二〇年開始發表散文，當時她僅是個二十歲的女青年。一出道就嶄露頭角，在青年讀者中具有強大的魔力。冰心也寫詩及小說，其小說在當代應該相當有意義，可是廣大的讀者都傾注於她的散文。事實上，她的散文也具有幾個不同風格的時期，但是青年們卻風靡於她早期的散文。關於她的早期散文，李素伯曾評說：

……而文字是那樣的清新雋麗，筆調是那樣的輕倩靈活，充滿著畫意和詩情，真如鑲嵌在夜空裏的一顆晶瑩的星珠。又如一池春水，風過處，漾起錦似的漣漪。以這樣的情致和技巧，在散文上發展，是最易成功的。⑲

冰心體何以會造成文藝青年的鍾愛？阿英在《現代十六家小品・冰心序》中說：

冰心小品文在當時所以能激起那樣大的影響，第一，是由於廣大的青年讀者對於她的「愛的哲學」的共鳴，特殊是母愛、兒童愛、自然愛，這是蘊藏在每個人心胸裏的，

⑱ 參見黃凡《東區連環泡》，希代書版公司，一九八九年一月初版。
⑲ 見李素伯《小品文研究》，新中國書局出版，一九三二年一月初版。

誰都具有著的愛的心情。第二，是由於他們對於冰心所選用的題材上的共鳴，冰心的題材，主要的當然是母親，兒童和自然，青年讀者在記憶裏所有的，大概也很少的出於這三者之外，卽出於三者之外，也必然的包含著三者於內，他們對於這樣的作家，怎能不作爲自己的表白者看呢？第三，是冰心的文字富於情感，雖然不是奔迸的、熱烈的，但那「乙乙欲抽」的情懷，在什麼地方都表露著在，都在襲擊著讀者。第四，我想說的，就是前面引用了的所謂冰心文字上的「清新雋麗」了。有此四種特點，遂建立了冰心當時在創作界的權威。[20]

筆者還要補充的是，五四之後，教育普及，閱讀人口增加。換言之，文學閱讀水平下降，冰心的散文題材通俗、情感眞摯、文字婉麗，她能表達一般讀者心智上的共同東西，爲大家說出不會表達的心事，提示衆人忘卻的心靈情境——雖然都是最表層的東西，卻是最大衆化的東西，她能一下子奠定中國現代文學史上「最初的美文」，實是跟她作品的通俗化有密切關係。

幾十年來，我們明顯看出：通俗讀者所能接受的散文都是冰心體的抒情小品。冰心體的特質有那些呢？綜觀「古今」，其要如下：

1. 日常生活事物中的片斷，例如：花、草、山、海、風、雨、露、日、月、星、辰、悲喜、夢幻等等，皆是最佳題材。

2. 讚美親情母愛、兒童、大自然、尊敬生命、禮讚生命、熱愛民族國家。

3. 文字淺白清麗、態度親切誠懇、情感溫柔眞切、情緒則是略具憂鬱。

近幾十年來，承此流亞，具有以上大部分特色的散文，成爲既有名又暢銷的作家實在不少，像張秀亞、張漱涵、琦君、胡品清、白辛、林文義、林淸玄等等。

冰心的文藝腔影響於中國文壇，其優點是，提高靑年閱讀與創作文學的興趣，使抒情散文成爲日後臺灣散文界的主要導向，冰心體是散文市場主流。其影響的負面則是，許多作者承襲冰心體的題材，再也不能發掘屬於自己的創作源頭。事實上，以冰心當日的散文創作而言，其侷限也正在題材太窄、視野太狹，這原是冰心個人生活履歷所限，但步趨者不能再畫地自限。其次是，學步者太傾心於感情的輸出，而忘了眞誠度的重要。我們在今天，打開報章，都不難看到許多把感情過度誇張或者過度濫情、矯情的散文。再其次，許多學步者也移植了冰心體的「人生觀」，專寫些強調愛：包括愛親人、人民、國家、民族的散文——不論作者本身如何缺少眞愛；或者寫些喜歡大自然的散文——不論作者如何眷戀市塵，這種矯飾的創作態度其實是對其宗祖冰心的侮辱，因爲冰心的創作態度非常誠實懇切。

⑳ 見《現代十六家小品》，阿英編，上海光明書局，一九三五年三月初版。

文藝腔的因襲還包括創作方法的效顰，文章的起承轉合、套板式的模倣等等。

個人的文藝腔調則由作者自己創造，自己保持承襲，大抵要從一位作家長期的創作成績來檢視。一位作者要形成自己的創作模式，自然必須花費許多心力，寫出相當的作品才有腔調可言。在形成自我模式中，其過程，有的因襲名家，這就有了公衆的文藝腔。如果屬於自己創造得來，這種模式一寫就是三十年，無法迫使自己脫離日益鞏固的文體，一再重複自己的典範，終究抹除了自己的創造性和文體的活性，這無非也是因襲的另一種模式。

作家當求變創新，是值得思考的嚴肅問題。在老一代作家心中，可能沒有這種觀念，所以琦君、梁實秋、張秀亞等人在語言和主題兩個層次上都長期保持一貫的風格。

八〇年代作家的求變心較爲明顯，一方面是題材的求變，林清玄由個人的經歷見識寫成感性散文，到經由採訪撰成的報導文學，到讀書閱報撰寫成的文化省思，乃至目前方興未艾的佛經新詮：菩提與寶偈系列，在在可見他在題材上的求變與求新。

其次是創作方法的改變，創作方法不僅是處理題材的方式，還包括觀物的角度，一位作家因觀物角度改變，可能就會調整他的人生視角，也將影響他的思想見解。林文義大量感性散文的觀物角度一直保持固定方向，所以即使他以小說文體來處理客觀事物，都充分流露他個人主觀的觀物色彩。

（四）意識形態的多元呈現

「意識形態」一詞譯自德文的哲學術語——die Gestalten des Bewusotseins，這一串字如果直接意譯，便是「意識形態」。其詮釋之一是：每一個精神的現象就是一個意識形態，因此「意識形態」可說是「精神現象」的同義語。從意識發展階段來說，意識發展過程中的每一個階段都可以說是一個意識形態。因此「意識形態」可說是「精神現象」的同義語。從意識發展階段來說，意識發展過程中的每一個階段都可以說是一個意識形態。因此，精神現象學也就是意識形態學。意識形態是系統地、自覺地、直接地反映社會經濟形態和政治制度的思想體系，是社會意識形式中構成觀念上層建築的部分。意識形態是與一定社會的經濟和政治直接聯繫的觀念、觀點、概念的總和，包括政治、法律、思想、道德、文學藝術、宗教、哲學和其他社會科學等意識形式。㉑因此，我們也可以大略說：意識形態表呈作者的世界觀，作家的意識形態主導其創作內容。

臺灣自八〇年代末期政府解嚴後，言論尺度大為開放，文學的表呈內容也相對擴大許多，散文中意識形態的雜然並呈實為七十年來所未見，值得注意。

㉑ 參見陸梅林〈何謂意識形態——藝術意識形態論〉，《文藝研究》第二期，一九九〇年三月號。

人類的意識形態是會隨著個人的際遇與社會的變遷而流動變化，反映在創作上則是文章內容與風格、作者人生觀的變異。洪素麗、林文義早期都傾心於抒情的、個人的散文創作。近年來，洪氏則轉為自然生態與環境保護的創作，林氏則把注意力放在政治、鄉土的關懷上。

意識形態為作者創作的原動力，但文學不能成為作者意識形態的工具。也就是說，意識形態必須以文學的方式處理才能成為藝術，成為任何一方御用的工具都是文學的失敗與悲哀。八〇年代散文界較值得注意的意識形態，可依其主題取向大略歸納如下：

1. 山林／鄉土散文

山林散文與鄉土散文不同，此二者雖然都喜愛田園山林，嚮往純自然的居住環境與人文環境。不過山林散文的作者較為避世，散文中的心態是跳出塵世，以隱逸心態面對大自然。其筆下的山林田園都被抽離出來，再放大特寫。陳冠學、孟東籬、粟耘都屬於此類作家。陳冠學的《田園之秋》[22]以日記體記錄田園中的動態與靜態，包括動植物等生態景觀在一年四季中的變遷，作者蓄意把自身融進大自然，得到均衡的呼吸及生命的寧靜與晶瑩，作者並沒有跳出來做任何呼籲。但是與下文的生態環保意識已隱然有相近處。山林散文作家純粹是對大自然的衷心嚮往，並不刻意要回復到什麼樣的傳統社會。不論是《田園之秋》或者孟東籬的《濱海茅屋札記》㉓等書，都不曾蓄意勾勒出一個臺灣舊日美滿的田園生活。換言之，山林散文作者面對的是人與大自然的關係，側重生活感悟卻不拘泥在特定的社會意識形態中。陳冠學、孟東籬都企圖做一個與大自然的對話者，所以他們散文中經常帶著嚴肅的哲理思考。

鄉土散文家則充滿本土色彩，可以說是一種「舊臺灣情結」在支持著寫作，這類作家大抵生長在臺灣鄉村，成年後就業於都市，他們普遍對都市文明不滿，對童年的鄉村念念不忘，認爲那是人類生存最佳環境。與山林作家無視於都市存在不同的是，鄉土作家敵視都市、工商業文明，要歸眞返璞，最好回到五〇年代的臺灣農村，鄉土散文家有濃重的懷鄉情結，從吳晟的散文可以追溯早年農業時代農村的社會面、文化面；在向陽、履彊的散文中，我們也感受到作者對於舊時代相當不捨的心緒。

2. 生態環保散文

一九八一年元旦《聯合報》副刊開闢〈我們只有一個地球〉專欄，連續兩年，陸續刊出

㉒《田園之秋》分《初秋》、《仲秋》、《晚秋》等三編，前衛出版社，分別於一九八四、八五年出版。

㉓《濱海茅屋札記》，洪範書店，一九八五年一月初版。

馬以工、韓韓兩人有關環境問題與生態保育的文章，掀起了臺灣生態環保散文的熱潮。這原是一個社會問題。但是，不僅《我們只有一個地球》[24]的作者運用報導文學的方式來表意，也同時引起許多文學創作者提筆寫這一類的文章。

生態環保的提出，緣於臺灣銳意重蹈西方國家的覆轍，因過度開發與浪費而造成嚴重公害，破壞生態平衡。從事這些散文的作者，基本上都懷有淑世精神，一股強大的責任感推動著他們筆耕。

就這一類散文的成果看，大致可分爲幾類：一是公害報導類，如楊憲宏《走過傷心地》、《受傷的土地》，[25]一類是提倡環保意識者，如《我們只有一個地球》。另一類是純粹做生態觀察創作者如劉克襄《隨鳥走天涯》[26]等。生態環保散文大部分爲報導性散文，頗受七〇年代《中國時報》副刊主編高信疆大力提倡報導文學影響。[27]馬以工《尋找老臺灣》[28]就是採取史料、間接經驗的報導文學，很可以做爲她日後從事環保運動做註脚。

不論是早期的社會報導文學，或近十年的生態環保文學，作者們有一個共同的現象就是：他們對多元化社會及工業文明造成的困擾，都有深刻的熱情和危機意識，作者具有充沛的浪漫主義精神，強烈的改政框時的責任感，形諸文字，時常出現大力的批判觀點及激烈的情緒反應，就文學的角度而言，實是情溢乎辭。[29]

純粹的生態觀察散文，以劉克襄及陳煌用力最勤，不約而同地，他們都對鳥類觀察最感興趣。這些極為精緻細膩的鳥類生態報導，不太涉入作者個人的主觀情感，已接近完全客觀中性的報導檔案。

3. 政治散文

對政治放言高論，也是臺灣解嚴前後的一大現象，文學家對政治的關懷並不比政客少。政治文學，實在大有發揮的餘地。不過，我們要強調的是，政治文學並不是執政黨或反對黨的御用工具，如果作者把文章當成攻訐政治人物或事件的工具，則是對文學的不敬。早年一黨主政，海峽兩岸情勢緊張之時，的確出現不少政策教導下的文章。大量的反共文學、戰鬥文學以及媚政的文章應運而生。其實政治態度並不一定妨礙藝術格調，此所以姜貴因《旋

---

24 《我們只有一個地球》，九歌出版社，一九八三年一月初版。
25 《走過傷心地》、《受傷的土地》均由圓神出版社印行，分別在一九八八、八七年出版。
26 《隨鳥走天涯》，洪範書店，一九八五年一月初版。
27 當時並輯有《現實的邊緣》一書，時報文化出版公司，一九七五年十二月出版。
28 《尋找老臺灣》，時報文化出版公司，一九七九年十二月初版。
29 參見林燿德〈臺灣報導文學的成長與危機〉，《文訊》第二十九期，一九八七年四月；本書〈新新聞與現代散文的交軌〉。

風》、張愛玲因《秧歌》❸受重於文壇。文學也可以提示作家個人積極的人生觀，但必須在眞誠之下創作。早年的「媚政散文」跟現在的「訐政散文」都是文學以外的產物。

所謂「媚政散文」，是作者推測官方歡迎那一種文章，作者就提供那類文章。例如官方希望人民認識偉大的中國河山，於是作者提供山河頌等作品。政府希望文學提供積極樂觀進取的人生觀，則作者不管自己的人生觀如何，則一味歌頌社會的光明面。面對政治人物薨逝，也可以扮演戴孝文人。面對政治人物的紀念堂，就有詠嘆的贊文出現。我們並不反對尊敬任何一位人物，但是必須發自作者內心深處。我們不滿意於「媚政散文」者，在於作者的意識形態不是出於自己內心，只是暫時「借用」。所以散文中說的話都是作者認爲「應該」說的話，而不是他心中眞正「想」說的話。

另一種政治散文是，作者發自內心，確然對政治有見解，但是表達不力，變成情緒化的發洩。林文義從小我的情境中試圖跳出，就轉移注意力在政治上。〈一片老校園〉中正在進行描寫一所教會中學的景緻時，由校旁的「眞理街」街名，立刻急轉直下，出現這段文字：

> 近年來，看到那些有力的統治者恣意的扭曲真理，並且有意的壓制那些極力維護真理的人……何以會如此？是不是由於真理讓心虛的統治者感到懼怕？真理有一天會扯下他們虛矯不真的面具，會打破他們所製造的偶像崇拜以及極為荒謬可笑的神話。

如此破空而來的埋怨，不僅使讀者摸不著頭腦，也是文章扞揷失敗之處。但是在〈南澳新娘〉㉛篇中，作者細細敍寫一位爲環境所迫而淪爲妓女的山地姑娘的經歷，對社會黑暗面的控訴就相當紮實有力。

提起政治散文，讀者大致會想起向有匕首之稱的雜文。在八〇年代，龍應臺的社會批評曾經喧騰一時。事實上，雜文自魯迅用來爲社會開刀後，它就成爲一方問症劑。在臺灣的報章雜誌一直都有千字左右的專欄，時常做爲時事評論的管道。這些出現率極高的有關政治社會的雜文，其可能存身於文學地盤者實在很少。最不利的因素是事件都具有時效性，事發當時，作者、讀者大家皆心領神會。可是，事過境遷後，大部分文章不是因過時而失去可讀性，則是因爲讀者不明事件的來龍去脈而莫名所以。東歐抗議文學與拉丁美洲當代文學本來充滿對當權的抗爭和譏諷，但是，昆德拉、波赫士、阿斯圖里亞斯、卡彭提爾、馬奎斯等經典性作者的創作，所以能夠在二十世紀掀起世界文壇的巨浪，引發全球讀者矚目，一方面是因爲他們觸及了人性的普同結構，另一方面則是因爲他們巧用寓言方式，使得作品不拘泥在對某人某事某物的批判上，而產生了凌越時空的龐大感動力。換言之，他們從歷史和當代尋找到人性永遠背光的陰暗面，他們所面對的眞正目標正是世界永恆的敵人，而非個人或某一

㉚《旋風》，明華書局，一九五九年六月出版；《秧歌》，今日世界社，一九五四年七月出版。

㉛以上兩文均見《無言歌》。

族羣仇恨的對象。

因此，筆者以爲政治散文最好能夠在寫實之餘寓藏寓言性格，甚至挑空而寫，以謹愼而精緻的思維重新賦予政治性題材以文學的詮釋，而非政客和黨派的附屬。

林彧〈我是淘汰郎〉，㉜即用寓言手法來呈示政治性議題：

「我」跟電腦一道工作，爲了前世紀的一場爭議而起了衝突，對於以前爭辯的雙方之間的左右劃分線如何界定，「我」跟電腦爭論不休，最後「我」失敗乃至失業，成爲「淘汰郎」。

在這段爭辯中，有如下的對話：

我說：「没有真正的左，没有絕對的右，只有中間偏右或偏左；而且左中有右，右中有左。」

電腦說：「不準確，十分不準確，有左就有右，有右就有左，有百分之三十的右，就可以找出百分之三十的左。」

「就算只差〇點〇〇〇〇一，仍須分清左右。」

「好，他們的中界線呢？」

「没有！只有兩極狀況，左與右永遠對立！」

「可是，」我說：「可是我們討論的不是數學或物理……」「這是精確的時代，你只能在左或右選擇一個，是哲學的，或文學的，尤其是政治的。而且，如果左代表是，那麼右就代表非。」

我突然害怕起這部會思考的電腦，我開始發怒，但它仍一派平靜而且冷漠：「如果我是站在對的這一方，那麼，你就是絕對的錯，」我搶言：「難道只有全對與全錯？沒有部分的錯或部分的對？」電腦那種從冰庫裏放出的聲音令人作嘔，它說：「你反對我，就是反對時代，你是錯的；既然你是錯的，那麼，我就是對的，因為我是鞏固這個時代的唯一權威。」

「但是，你可以同時反對我，也反對時代！這樣，誰對？誰錯？」

當我們吵得不可開交時，判斷師來了。

他說：「你是錯的！」

我說：「但是它並沒有人性呀！」電腦房所有的人都開口了。

他們說：「人性缺乏準確性！」

㉜ 見《中國時報》副刊，一九八八年三月十九日。

本篇把當代拉前一世紀，表面造成時空的隔閡，其實是在製造寓言的假象時空。它暗指的正是我們這個世代。這個世代乃是政治上「左」、「右」爭論且難以分辨的世代。不僅寫出二十世紀人類處在政治的困境，且把政治的獨裁、專斷、無人性都一併控訴。這樣的政治散文不必一定說是指涉臺灣，在世界各地都不難看見，它不會因爲時移境遷而讓讀者讀不出「效果」。

林燿德〈Hotel〉㉝一文指涉的意義有許多層面，其中之一就是當代政治。它詮釋的「賓館」是：「流動的空間的集合體。它們只是一個個過程，一個個永遠不能徹底完成的過程。」，因爲「Hotel 的每一個房間都是不完整、不平衡的，當任何一個房間空下來的時候，即刻就回復到未完成的藍圖階段」，由以上理論，銜接以下的意義：

> 人類肉體的彈性和靭度，就像隱匿在議會政治背後的桌下交易（也許這個比喻的喻依和喻旨可以顛倒過來）。當然，HOTEL 和臥房相較起來，就如同民主與獨裁之間的距離（雖然如此，這種差異分析仍然是光譜而非光年的）。きゆらそく的 HOTEL 所以和你家的臥室有所區別，在於其開放性與民主性——總是和婚姻機械堆砌出來的社會觀頡頏到底。

本篇的政治意見是：所謂的民主政權是有錢就可以揷手的，眞正的民主政治僅是一個永遠無法實現的烏托邦。作者把民主與獨裁跟賓館與臥房相互比喻之下，孰好孰壞，眞是饒富意味。

政治散文應該呈現作家更大的關懷，或者更高瞻遠矚的視野。我們相信一位文學作家對當代政治實況的掌握，通常不會高過一位政論雜誌的主筆。是以，作家要在政治實務世界裏擔任批評角色，實是不自量力。可是，作家有政論家、政客們所沒有的慧心、愛心及遠見，他能透視政治生態的眞實情境，給予人類恆久的箴言，這就是政治文學嶄新的面相之一。

4. 私散文

散文作者的世界觀如果僅侷限在小我上，則亦可稱之爲狹窄的意識形態。借用「私小說」的名詞，姑且稱之爲「私散文」。就像郁達夫筆下的散文，直探作者內心深處。我們不僅看到作家的意識，還看到作者不自知的潛意識。這種自我挖掘的作者必須要有十分的創作眞誠度，及深入挖掘的本領。在當代作家中，林文月、顏元叔、丘秀芷等的創作眞誠度無可置疑，但是深掘力不足。簡媜的自我深掘力較夠，但是她容易使人想起七〇年代在創作高峰的方娥眞，也是在小我範疇中能深掘自我的女作家。可是，方娥眞自《重樓飛雪》、㉞簡媜

㉝ 見《中時晚報》副刊，一九八八年十二月二十二日。

㉞ 《重樓飛雪》，源成文化圖書供應社，一九七七年五月初版。

自《月亮照眠床》出版以後，兩人都續有散文集問世，但都減少對自我那份眞誠的深掘，實爲可惜。

（五）知性散文的異軍突起

散文的知性與感性並不是對立的。現代散文發展伊始，散文有很多知感交融的作品。若要把散文的知感度數做一釐清，大致可以歸納出四種成份：

1. 感性的文體寫感性的內容。
2. 感性的文體寫知性的內容。
3. 知性的文體寫感性的內容。
4. 知性的文體寫知性的內容。

七十年來，我們的散文創作成績，的確可以包容這四類。平常我們指稱的感性散文與知性散文，僅是因比例上的多寡而做歸類的便稱。

臺灣散文界，一直是感性散文佔去大半江山。八〇年代，知性有略增之勢。像亮軒、王鼎鈞、喻麗淸、曾麗華、阿盛、孟東籬、高大鵬都有明顯的知性成份。以曾麗華爲例，其作品幾乎從不限囿在單純的抒情框架裏。反而，它經常存在著意識流的知性情調。她不像許多女性作家，有強說愁的矯造，及媚俗作家刻意追索光明的結局，取代的是自然而流暢的描述和觀照。她從來不做情緒的直接暴露，也排除修辭上的求工務巧，而以意在言外的神韻悠然自得。她散文的知性成份遠遠蓋過感性成份。

事實上，綜觀感性散文七十年來的歷史，也已經發展到山欲窮水將盡的地步。感性散文作者賴以寫作的題材是個人的生活經歷。老一輩作家如琦君，曾經行萬里路，也經驗過大家族的興衰，其人生閱歷自非臺灣新世代所可望其項背。可是，綜觀琦君散文，經常重複創作題材，足見個人經歷不足恃。感性散文的有限性還不止此。由於作者個人人生觀的固定，也將妨礙其文章呈現的視野。再其次，感性散文容易落入濫情的窠臼。凡此，在在成爲其有限的困境。感性散文之必得走向知性乃是突破的出路之一。

八〇年代，出現嶄新的純知性散文。以前，像傳知散文、或論理散文、或者批評性的雜文，可以說是純知性散文。不過，八〇年代出現純知性散文完全是一隻突起的異軍，跟前此純知性散文皤然不同。它幾乎完全擺脫感性散文的形式與內容，筆者稱它爲都市散文。此都市散文跟以都市生活爲題材的城市散文又不同。

都市散文在八〇年代出現，僅有少數人在創作，也沒有形成具體的文學運動，但其在中國散文史上卻有革命性的意義。蓋散文原是中國特有的文類，自晚明小品以來，除了由文言轉爲白話外，其基本精神並沒有改變。可是，試觀現代小說、現代詩，都有革命性的變革，經歷明顯的現代化履歷。㉟散文則一直墨守成規，直到都市散文才產生精神及文體上的重大變革。與其視之爲傳統文學的割裂，不如視爲傳統的豐富化。

都市散文的興起，不僅是社會急驟變遷造成舊社會及舊觀念解體的結果。同時也因過去社會從來不曾有過時空以外四度空間的變革，資訊社會帶給新世代嶄新的角度來重新認知世界。所以，都市散文之異於以往散文者，實是作者觀物角度有了大調整。我們可以說，直到八〇年代，部分臺灣的文學創作者才認眞思考到社會變遷不僅無時或已，而且文學的課題非僅具備時間性更有其空間性。不僅是單一的訴求而是多元的考察，不僅是進化而且有異化的格局。種種體悟，使作家觀察世界的角度有了大調整，創作方式有了大改變。

廣義的都市文學包含兩個層次；以城市生活爲描寫題材的市民文學以及掌握社會變遷並運用新的思考方式創作的狹義的都市文學。前者是因應工商業社會發展、城市興起而導致文學題材的轉變，它主要反映城市化後的社會變貌。

市民文學不僅在內容題材上反映社會現象，同時在體裁寫法上也順應社會大衆口味。例如它能配合廣大的閱讀市場、副刊媒體等需求，在題材上以城市中的愛慾與複雜戀情爲主。其文字淺白流暢，具備浪漫傳奇性格。市民文學的閱讀羣以國中二年級到大二學生、女工、上班族爲主，是購買力最強的一環；換言之，在暢銷書中我們可以找到大部分例子。市民文學反映社會次文化，其存在有社會意義。

都市散文的「都市」二字，其實象徵意義較大。它所指的「都市」並不是指具體可見的地點，更不是高樓大厦堆疊組合而成的布景，而是「無地點的地點」。「都市」其實是社會發展中，因各種不同力量的衝激而不停的處於變遷狀態的情境。都市散文的特色大致如下：

1. 思考方式立體化

都市散文跟前此散文最大不同之處在於：作者思考方式立體化，他們不再耽溺於以抒情爲主流的敍述模式，改以知性的角度觀察人生的感官世界，發掘其背後潛藏的多重形上意義。以前的散文，尤其是感性散文，很注重主題的敎示傾向，都市散文則出入於超然哲理的思維。以前的散文家常在三度空間中觀物，都市散文家則在四度空間中徘徊，前者是「平面」的，後者是立體的「聯立方程式」。這種區別在敍述觀點的調度上就可以檢驗出來。基

㉟ 現代詩，在三〇年代有李金髮等主唱象徵主義，造成精神上的重大變革；到了臺灣，又有現代派、後現代詩等重大精神變革。小說則在二〇年代末至三〇年代初新感覺派展開對現代主義的啓蒙；在臺灣，白先勇等《現代文學》時期，小說經歷另一次變革。近十年，又有前衛小說的出現，其變革都較爲豐富多姿。

本上都市散文突破了抒情散文第一人稱的主體中心；也絕非技巧上刻意將第一人稱置換爲第二、三人稱的裝飾性描述方式。很明顯地驅除創作主體本身自傳色彩的滲入，使得都市散文更趨近於當代小說形構的思維。這使得正文得以出入於虛實不同的時空而不必借手於「四格漫畫式」的夢境。㊱這種敍述觀點的程式變換，一方面使得作者喪失了自己的身世，讀者不再能文如其人地在散文中找「眞實作者」的形貌和感情世界。另一方面又使得作者展布了他獨特的心象宇宙，這宇宙中所呈現的不是個人經歷而是「抽除了自我的自我」，抽象性的世界觀和對變遷社會的批判，重新置入寓言的形態中。

林彧散文〈保險櫃裏的人〉，㊲敍述有一個人自己躲進保險櫃中，而保險櫃的鑰匙和號碼只有他自己知道。文章中的「我」在百般猜測對方爲什麼要躲進保險櫃中時，竟突然發現自己正在冷冰冰的保險櫃中！

首先，我們看作者的思考方式跟前此散文家有何不同。在過去作家的思考範圍中，包括科技文明發展出來的保險櫃，凡是有「門」的東西，可以關的就必然可以開，沒有絕對開不了的門。林彧在此卻創造一個嶄新的空間：一個人走進了保險櫃，就變成保險櫃的一部分，所以他出不來了。同理，以爲處身在外面自由空間的人，也隨時可能被自己「關」了起來。作者處理一個超然的幻覺，用立體的空間來具象化。

——我的甲期愛情到期了嗎？

——你的愛情簽帳卡帶來了吧？

——愛情可以零存整付！

2. 巨視的世界觀

過去散文時常處理個人事件、思維，尤其感性散文離不開作家一己的生活經驗、內心情境與人格個性，在在屬於微觀的角度。都市散文幾乎不處理作者個人或少數人物的情境，它關心人類整體的處境。林彧的〈成人童話〉㊳寫出了一個既是現在也是不久的未來世界：人類幾乎廢棄文字，改用數字來交談。交談時，也廢除了客套話、謙辭等，「大家早就忘了什麼是：請，謝謝，對不起。更別論什麼禮貌、什麼道德、什麼正義或公理……」還有：

㊱ 一般抒情散文，處理超現實的事物大部分利用夢境來做外殼，不敢放手去寫。其原因，可能是作者創作觀的侷限，或者是作者擔心讀者「讀不懂」。

㊲ 見《愛草》，文經出版社，一九八六年三月再版。

㊳ 見《中國時報》副刊，一九八八年三月二十三日。

這裏所指的愛情就是鈔票、存款。

當然，如果有人說：「老闆，賣我幾粒道德！」那不用訝異，道德指的是治療頭痛、傷風、感冒的百靈丹。如果有人說：「我們的正義已經賣光了！」他的意思是：今日維他命丸停售。而廣告招牌往往出現這些字眼：

——幸福可以分期付款！

——眞理換季三折跳樓大拍賣！

——和平僅剩最後七分鐘！

所以：「看吧，幸福、眞理、和平原來都只是標籤或用品罷了。」至於家庭、妻子，都成了最受歡迎的裝飾品，且有許多仿冒品出現。而文學也成了以數字爲符號的「抽象畫」。這篇散文指出當代人類世界的異化日趨嚴重，文章說「那時候」，意指未來，但已在當代呼之欲出。例如人類日趨嚴重的物化現象、不尊重精神層面、心靈僵化、人際關係淡泊。更重要的是，以往最可貴的精神食糧如愛情，變成跟金錢一般，可以存入、提出、零存整付等，道德、正義都可以販賣。人類若依順著這種路線發展下去，將變成道地的經濟動物，這就是異化的隱憂。這篇文章還涉及到文學層面，文學的異化將使它跟人類一般成爲垃圾而已。這一層隱憂可能也有見仁見智的看法，因爲這篇〈成人童話〉本身似乎也在後設這樣一個文學世界。

林燿德的〈寵物K〉㊴敍寫「我」去購買一隻烏龜回家當寵物，後來他發現飼養在盆子裏的烏龜忍饑挨餓，不肯呑食飼料孑孓——因爲它也正在飼養一隻寵物。

首先，我們看「寵物」的地位。它是一隻烏龜，沒有姓沒有名，只能被編號爲「K」。它雖然也是動物——跟人一樣，但並不曾受到跟人一樣的待遇。他只被視爲寵「物」。身爲動物而被物化，乃是文中烏龜重要的處境。

由於烏龜被當成物品，因此他任人買賣操縱，玩弄於股掌之上。在交易過程中，買主「並不考慮智慧、操守等等形上因素，」此項假定是說烏龜可能也有智慧操守等，這種高貴的品質即使存在，也被人們視而不見。

可是，烏龜並非物！他有表情，有一次面對「我」時，他的瞳孔中充滿怨恨——顯然不滿於被當成寵物的待遇。更令人驚訝的是，他寧可忍饑挨餓而飼養自己的寵物。寵物的待遇是什麼呢？請看，K是如此對待孑孓的；「用鼻端觸碰成S形游動的幼蟲，然後靜靜看著它們焦慮地撞上桶壁。」K與孑孓分明互相指涉，所以這種待遇也正是寵物烏龜所承受的。

以上出現層遞關係：人與烏龜、烏龜與孑孓，都是飼主與寵物的關係。就文章結構言，

㊴ 見《一座城市的身世》，時報文化出版公司，一九八七年八月初版。

它已指出人類的上方也有一個「飼主」，是以同理，人也經常扮演寵物的角色。

行文至此，我們幾乎可以清楚的說，寵物K正指涉人類。人類被物化的程度正暗示人類地位在大千世界中，個人姓名經常只變成代號——以便被鍵入終端機等。更可悲的是人與人之間可以進行交易行爲，例如買賣子女、婚姻乃至朋友等等。而個人的價碼不在於其智慧及操守，完全取決於外表的「毛色」、「腹部的圖案和色澤」，不是指社會人的身分、背景等外在條件嗎？

其次是，烏龜生存的環境：文章第二段仔細敍述它們原來侷促在一個鐵盆中，擁擠在狹隘的空間，只有「待售」的命運在等待他。從指涉人類的角度看，人類生存於大體制中，確實沒有自我抉擇的能力，可是一旦面臨被抉擇時，卻無所逃於天地之間。

再看，K一旦被選擇到另一個生存空間時，從它的視野來看它面對的世界——只見到豢養它的主人而已，卻已大得它無法全面觀察。換成人的角度來看，人類面對控制者或者整個體制，永遠只能看到它的一小部分，即令能這樣片面的理解，卻讓人恆常「習慣了這樣無趣的閱讀」。

以上是〈寵物K〉所呈現當代都市人類的共同處境；精神生活日益枯竭——可是作者指出人類本能需要精神滋潤。人類不願意物化——可是分明往物化的路上奔去。人類企求自我選擇生存方式，包括職業、生活環境——可是，分明身不由己。人類亟需了解背後的主宰者——那冥冥中豢養他的主人，但是，恆常只是瞎子摸象而已。人類何以落到這種地步呢？回頭來看林彧〈保險櫃裏的人〉保險櫃的主人把自己鎖進保險櫃中乃至他自己出不來，別人也無法救他。這一道兩難命題不是由別人賦予，乃是人類自己造成的。

再看，文章中敍述著「我」竟然不知不覺中也被「自己」鎖進了保險櫃中。這一層思考乃是加強前一個人物的象徵意義。陷入兩難命題，不僅是自己一手造成，而且常在不知不覺間，足見人類走向今天，不論是物化、異化，進步或退步，責任都該由自己承擔。

3. 人類本質的探討

〈寵物K〉中說：現代人不重視「形上因素」，所以「人間現有的哲學流派顯然生產過剩」。哲學家的工作出發點原是要從形上思維來提昇人類的心靈救渡人類。在今天社會中，哲學家卻被視爲多餘，所以作者說「世界似乎仍然沒有停止轉壞的意思，」文中又指出人類分明迫切需要心靈食糧，所以：「人類饑渴的性靈」竟然要靠寵物來彌補情緒（請注意：不是心靈）上的失落。

事實上，人類精神之貧乏、心靈之空虛，正肇因於人類日益形而下的視野與興趣。〈寵物K〉中還有一景：買主從水中撈起烏龜時就「窺探他腹部害羞的隱私」，這句話不但說明人類興趣之形而下，且對待喜歡的對象（諸如愛人）並不尊重，只賦予寵物待遇。另方面，再次強調烏龜有心靈，不僅有害羞的私處，也有隱私的心靈空間呢！當然，我們別忘了它正指涉人類。

人類與K互爲指涉的前提下，再回頭看文章的開頭：「他也寫日記嗎？」寫日記是人類的作爲，它表示個人具有反省力、思考力。可是，人類是否具有解讀別人日記的能力呢？K的日記在它的背上：「他背負著永恆的地圖」，因天氣的陰晴、氣溫之冷暖而變化其色澤，可是人類永遠讀不僅。原因可能是不願或無能，總之可以說明人類欠缺了解別人的誠意以及能力。

〈寵物K〉還有一個重要問題：人爲什麼要豢養寵物K，而寵物K又爲什麼忍饑挨餓也要把孑孓當寵物豢養？這裏指出人類的控制慾、統治慾乃是一種集體潛意識，無形中也解釋了這個世界何以權利鬥爭永遠不會停止。

林彧〈保險櫃裏的人〉也觸及人類「自閉」的集體潛意識，把自己關在與外界隔絕的空間，是一種自閉傾向，所以外人無法揷手幫忙。都市散文家所處理的多是由人類的殊相入手而導向人類的共相，而非止於人物的殊相。作者不僅關注社會的現象面，也注意人類的心靈層次，並深入到集體潛意識中，這也是跟前此散文大爲不同的地方。

4. 輻射式的主題投射

以前散文的基本結構大約可以說是漩渦式。蓋文章從四面八方，撒下天羅地網，無不歸結於一個專注單一的主題。像漩渦般由外而內集中，以達於文章中心。讀者在其間可以找到單一而統一的觀念。此類散文大多一個現實映照一個理念，是以作者的內在意識清楚的投射在文字上。換言之，文章有明顯引導讀者走向主題的心意。也因此，讀者很容易從中得到跟作者乃至其他讀者共鳴的「結論」。

都市散文則不然。大部分找不到單一主軸。在一篇簡短的敍述文字中，往往隱藏著層疊的意義。例如林彧〈成人童話〉，在人類的異化項下就數說許多可憂的景象，例如人類背棄禮義廉恥、丟掉正義公理、解構家庭幸福、精神生活喪失盡淨、既不爲自己而活，也不爲別人而活……等等。之外，該文在描述文壇異化時，還交待了一些作者的文學觀。

前舉林燿德〈Hotel〉的主題則有：人類的異化現象，包括男女關係、空間與時間的關係。其次是文化衝突，包括神話與理智、中國與西方。其次是政治觀念。另外，它也順道提出文學觀念。這些主題都籠罩在符徵與符旨剝離的大主題下。從文意的投射上看，是呈向外投射的輻射形式，而就全篇的文意上看，則是萬流歸宗的結構。前舉〈寵物K〉也是多重而繁複的意旨被包裝在看似簡短而平常的敍述文字中。大致而言，都市散文的藝術空間是有機的、立體的，由讀者自行組織而產生各種「結構」。

5. 敍述者與作者的關係

所謂「敍述者」，是指散文中進行敍述的角色。例如琦君的感性散文〈髻〉，㊵敍述者是母親的女兒，文章透過女兒視角進行敍述。這位女兒被一般讀者認爲就是作者琦君，甚至琦君在創作時也可能把自己直接放進文中。早期散文絕大部分的敍述者與書寫的作者相等，讓讀者覺得讀散文就在讀作者傳記的一部分。

都市散文則不然。不論是前舉林彧或林燿德的散文，讀者可以明顯看出文中的「我」跟書寫者距離很遠。如上文所說，一篇文章，「我」只是第一人稱敍述者，可以稱爲「編撰作者」，眞正從事書寫的人稱爲「書寫者」。文章完成之後，書寫者就跟文章毫無關係了。眞正透露文章主旨的不是作者，而是文章之內隱藏的主人，我們稱它爲「隱藏作者」。長久以來，一般散文都把以上三種「作者」混淆爲一。都市散文則三者劃分極爲清楚。因此，讀都市散文，不能讀出創作者的風格人格等特色。更爲客觀化的角度還出現在杜十三的都市散文中，㊶敍述者已萎縮爲一架攝影機，作者「我」的色彩已逼退到零度的程度。

都市散文在八〇年代才剛起頭，其未來的發展不可逆料。就目前的成績看，都市散文越來越趨近新小說，並明顯地寓言化，其文字乾燥、冷靜、中性。在文章中偶爾出現的俏皮媚語往往別有用意，不留意的讀者，常會被誤導。但是，我們也可以說，都市散文是充滿歧義，不同的讀者可以讀出不同的意義。綜合以上所說，我們稱之爲知性散文中一支突起的異軍並不爲過。

四、結　語

綜觀以上所言，可知八〇年代文學的創作環境，對於作家的生存來說，可能較以前任何時代都要來得容易。可是，就散文的藝術創作環境而言，則是相當不理想。檢視八〇年代散文創作成果，筆者覺得遺憾尚多。以下從數方面來談：

（一）散文發展的障礙

從八〇年代的橫視面來看，十年來散文雖然寫作尺度開放許多，作者可以處理的題材擴大了，意識形態的散文爭奇鬥艷，散文技巧日益精緻化。但是這些只是表相的多元化。需知

㊵ 見《紅紗燈》，三民書局，一九七二年十月出版。
㊶ 參見《人間筆記》，時報文化出版公司，一九八四年八月初版；《地球筆記》，時報文化出版公司，一九八六年三月初版。

不同主題的認知、花俏的技巧並非散文藝術的充分必要條件。跟前七十年的散文成績相比，這十年的散文面貌並不豐富。

我們所謂的多元化，乃是藝術的多元化，有些阻力使得散文無法多元發展。首先是，國內對散文的觀念仍然非常保守，長久維持主題掛帥的散文觀。作家在誤導下，一直努力承擔著非文學的史命感。而臺灣的散文作者受到媒體及出版界的無形操縱太甚，極少人有能力擺脫之而愼重思考藝術走向。

散文藝術的多元化，是指在同一個世代出現不同藝術結構的作品。所以我們盼望能出現嶄新的文體來創作散文，一旦出現異軍的時候，文壇不應視之爲異類乃至異端，排斥之不遐。

散文要與小說、現代詩鼎足而三，實在需要花費一些力氣上進。在八〇年代，小說、現代詩都有明顯的多元化進展。近十年來，小說因拉丁美洲的魔幻寫實主義以及歐美的新小說、後設小說而使得臺灣的小說界產生新的元素組合。現代詩也因後現代主義的影響而產生變革，在在是具體可見者。我們並不認爲文學創作必得吸收西方的營養才是自己新生的契機。以散文而言，恰好相反。西方一向不注重散文此一文類，而散文是中國特有的一大文類，有著豐富的基礎。可是，有多少作家願意沉潛於古典散文中吸取養份呢？這種養份也不應該僅是文言白話、成語典故的吸納而已。我們期待的是脫胎換骨的更新。小說作者、現代詩人都不憚其煩，不怕流矢的做實驗性創作，散文界則極少見，如果現代散文一直維持著舊有的思維體系，則很難呈現新的藝術表現形式。

(二) 世代更替遲滯

從散文的縱視面來看，八〇年代散文沒有完成文學上承先啓後、文學更替的現實。長江後浪推前浪，在文學上，一個時代也要有一批人來接續前人的棒子。近十年來，國內並沒有足夠的散文家提供足夠的產品來做爲接棒的證明。這一點又跟小說、詩不同。

這十年間，現代詩與小說都同時進行著世代更替與典範轉換。不論是創作類型或意識空間，都同時在轉移。也因此，小說與詩界的爭執較多，代溝迭生、派別對立。我們相信一切爲了藝術而做的爭執，將會激發更高的思考空間，開拓文學更縱深的領域。

因此，我們覺得，創作如果沒有斷層，毋寧是一個危機。我們的散文如果只能守成，無法開創，就沒有前景。

培養不出新人也將是散文發展危機之一，或者新人乍一出現就被媒體或出版社控制而扼殺了前途。臺灣的新世代散文家，一旦嶄露頭角，往往就成爲一日要交數篇專欄稿的作家。以致新世代作家都來不及讀書。最明顯的是，他們在文字的基本駕馭上普遍比不上前行代作家。

新世代作家不能讀萬卷書，侷促於寶島，也不可能行萬里路，期望他們建立個人思維體系及宏大的世界觀，毋乃是強人所難。

(三) 創作思維的侷限

最後，我們仍然想談創作者的問題。這部分不一定僅限於八〇年代的散文作者，或者新世代作家，而是作者與散文不振的連帶思考，以及散文作者跟小說、詩作者不同之處。

1. 作者缺乏對文類進化的期盼

首先是，散文文類不被尊重，包括社會及作者。在當代臺灣，容或有人嘲諷現代詩不知所云等等，但還不至於任意使用它、踐踏它，使人人拋擲給它卑微的地位。散文不然。在社會上，大部分人把它的範圍縮限在抒情與說明的層次，這種把局部當成全部的觀念大行其道，必然會阻礙散文的發展。

國內的報刊雜誌近十年來非常流行「策劃專題」，並特約邀稿。其專題名目從「我的初戀」到「影響我一生的一句話」無奇不有。邀稿對象則是文藝作家、影視名星、政界名人、籃球國手、杏壇名醫、酒國名花……無所不包。我們無意否定文藝作家以外的人沒有創作能力。事實上，也有許多人不輕易提筆，一旦操觚，就是相當成功之作。但是，在當前雜遝的文學選集中，我們確知有許多非文藝人士不可能寫小說寫詩。可是，他們一定自認可以寫散文，並且白紙黑字印出來後，掛上他的名字還成爲熱門的暢銷書。

我們相信散文應該是一個開放的文類。但仍然必須在藝術的範圍內，主題要深刻化。然而，我們的社會想要擺弄文字遊戲、出版社想要蒐羅賣點，就先想到散文。社會如此不尊重散文此一文類，也無形中引帶作者的自貶。乃至文壇有：失敗的小說家與詩人就淪爲散文家的邪說。

如果作者以嚴肅的態度面對散文呢？一般而言，又缺乏藝術的使命感。前面說過，散文家習於背負主題的使命感。例如提倡中正和平的人生觀，或者提倡佛學義理，或基督教的人道思想，乃至政治觀念等等，有些作家不惜造作也要承擔這種「使命」，以爲如此文章才有份量。

散文作家最應該思考的是，散文文類跟詩、小說有何不同？它能發展那些其他文類所不能的長處？如何吸收其他文類的優點？文類發展到山窮水盡時如何「翻新」？文類本身應該是不停的進化、演進。只有在尊重文類的心態下，才可能思考這些。

2. 新世代中缺乏專業散文作者

所謂專業化，並非指不寫小說、詩，而是指用很專業的精神長期撰寫精緻的散文。提出相當質與量的作品，才可以稱為專業作家。在小說、與詩界都有這種新世代出現。散文界則多是兼差性質。有些被看好的作者，往往出了一兩本書就棄筆或停筆，更糟的是大量複製自己的成名作或改向「短小輕薄體」進軍。前已言之，臺灣文壇誘惑太多，一位稍具名氣的作家，便會有不斷的名利雙收的工作找上門來，作家其實很難免於被「引誘」。

3. 作者缺乏對現實的辯證能力

一般散文所處理的題材是：日常生活細節，或抽象的、唯美的心靈玄思，或對現實的關切，包括鄉土、政治、社會等。不論屬於那一方面，都有流於浮面之虞。尤其近十年來蔚起的對於現實的關懷，作者實際上在文章中顯現對客體認識不足，因而導致見識的淺陋。在文學創作中，對客體的認識、了解、關切、分析、判斷等是一個層次。把個人的結論納入藝術中又是一個層次。藝術與現實之間關係的辯證能力亟需培養。

其次，創作與主題之間的關係乃是一個寓言關係，互相寓函隱藏作者變成寓言的一部分。近十年的散文技巧容或翻新，題材容或擴展，可是在文章所載負的內函上，多有不及前人者。散文思想的貧薄、情感的誇飾、愛心的矯作，乃至不自覺的把文學當成高級的文字遊戲，在在足以爲憂。

臺北·〈八〇年代臺灣文學研討會〉宣讀論文

臺灣現代散文的危機

一、前　言

一九四九年底國共戰爭告一段落，國民黨政府遷移臺灣，同時跟來的散文大家並不多。由於政治因素，留滯大陸作家的著作都被列爲禁書，在文學的傳承上，產生了斷層。不過，基本上初期臺灣散文的發展仍沿承著一九四九年以前的流行風格。從四九年迄今，四十餘年期間，臺灣社會歷經貧窮奮鬥、政治風暴、經濟起飛等各種考驗與成長。文壇風氣也經過戰鬥文學、現代主義、鄉土文學、後現代思潮等幾番運動，散文作家並未積極介入數次重要的論戰，也未如小說和詩一般領導了某一階段的主潮，但以上諸種因素必然也影響到散文的創作風格。

站在二十世紀末來審視臺灣近幾十年的散文發展，我們覺得有許多地方值得思考。首先是戰後臺灣散文雖然也受到文壇思潮的影響，但能夠求新求變的作家不多，除了少數作品，大體上都有隨波逐流的傾向；由於創作實踐上的承襲，也使得散文此一文類的重要性相對削弱，在文學研究上遭受冷落。促使散文瓦解殘破的是創作環境、作者與正文在不自覺中逐漸異化，面對即將跨越世紀的當代，實有必要愼重思考散文研究重建整合的可能性，以及開闢創作新路線的契機。

二、戰後臺灣散文的危機

照理說，每一位創作者都知道文學成爲「創作」之有異於一般流俗之作、消費之品，乃是因爲它存在著可貴的創新性，因襲成規必然爲優秀的作者所否定。可是，四十年來，臺灣許多散文都不自覺耽溺於因襲陳規之中。分析其原因如下：

（一）主題與主義的框限

五四之後，現代文學一直處身在黨政的教育指導之下運作，四九年以前共產黨主導以無產階級文學爲主流的社會寫實主義創作路線、國民黨主導的民族主義文藝運動都不脫政教文宣的氣息，周作人爲藝術而藝術的思想一直受到壓抑。黨政主導的文藝政策最標榜的是提出典型的模式作品，因爲它們可以讓所有文藝作家追隨模擬，政治上將文學創作視爲政教的一環，基於政治的現實（例如對日抗戰八年必須提倡抗戰文學、報告文學等）或政黨的造勢是可以理解的。但就文學的發展而言，其主題意識統攝於某種主義、指導原則之下，勢必造成創作視角的窄化、意識形態的僵化乃至文學形式的套板等悖離文學正常發展的軌道。

國民黨政府退守臺灣之後，深知大陸失陷諸多重要原因之一是文藝工作的失敗，退守海隅，危險性高，❶遂痛定思痛，一九四九年即由當時中宣部代部長任卓宣兼任臺北市文化運動委員會主委，積極展開反共反蘇文化運動。一九五〇年由在黨政高階層任職的張道藩❷制定文藝政策並實際推展，同年即成立「中國文藝協會」以團結右派文藝人士、研究文藝理論、發揚民族思想、培養文藝人才爲職志。又於同年成立「中華文藝獎金委員會」，其目標是：「獎助富有時代性的文藝創作，以激勵民心士氣，發揮反共抗俄的精神力量。」❸又於

---

❶ 一九五六年十月二十五日陳誠於《中央日報·光復節特刊》上發表〈主臺一年的回憶〉，回憶政府撤臺之際的臺灣社會是危與亂；當時經濟不穩定、軍力薄弱、人心動搖悲觀，有能力者皆遠走高飛，無能力者則存坐以待斃之心。

❷ 張道藩（一八九七—一九六八），曾任國民黨社會部、組織部副部長及海外部、宣傳部長。中國廣播公司、中央電影公司、《中華日報》等董事長。於政壇，曾任內政部、交通部次長及立法院院長等職。他一生以文藝鬥士自居。

❸ 參見《文壇先進張道藩》，趙友培著，重光文藝出版社，一九七五年出版。

一九五一年創辦大型文藝刊物《文藝創作月刊》。一九五三年，在中國青年反共救國團主導下成立「中國青年寫作協會」。黨政結合全力推展，一方面提出主導性執行綱領，一方面全力掃蕩反面作品，其文藝政策的主要內容都不外是：團結文藝作家、擴大文藝戰鬥功能、促進反攻大業等等。❹在這麼強而有力的主導之下，五〇、六〇年代的文藝創作絕大部分作品呈現極類似的主題意識，可歸納如下：

1. 強烈反共抗俄的主題意識。
2. 讚美愛國愛民愛家愛物的情操。
3. 揭示人生的光明面，鼓勵積極向上的人生觀。
4. 描寫國家社會的進步、繁榮、和諧。
5. 重新詮釋古聖先賢的人生哲理。

在文壇上，這時候也產生反動此一政教引導情勢的文學觀念；其一是受西方影響、以個人主義爲訴求的現代主義文學觀，於五〇年代萌芽、六〇年代茁壯；其二是七〇年代引發的鄉土文學論戰，臺灣隱伏的寫實主義趁勢崛起。前者的反動可以說是對文學還諸文學的訴求，同時隱藏著對政治的不安以及個人心靈受體制壓抑的感受；而後者，則是對官方意識形態的直接反抗，形成窄化的地域觀念，因此同樣也落入另一種主題意識的框限中。

(二) 情調與文體的因襲

整體而言，戰後迄今的臺灣散文大致可以分爲軟硬兩種主要的情調傾向，壁壘相當分明；主要出現在五、六〇年代的硬性散文都用陽剛的文體來歌頌戰士的英勇事蹟、讚美英雄的偉大精神、宣誓效忠國家的耿耿忠心。文章中不乏口號式的宣言。

軟性散文則繼承冰心《寄小讀者》❺以降的軟性包裝體製。其內容則是愛心、眞理、哲言、夢幻。其文風則是懷舊、感傷、浪漫、純情與唯美。其文字情調則是刻意雕鏤，潛心修飾，充滿文縐縐的軟性腔調。「鄉土文學」運動後出現的鄉土小說偏向俚直、樸素的寫實文體，但鄉土散文也有發展爲新的軟性文體，如洪醒夫、林文義的散文皆充滿纏綿情事、鄉愁

❹ 主導性政綱如：一九五〇年成立的中華文藝獎金委員會，其獎勵的文藝作品必須：「以能應用多方面文藝技巧發揚國家民族意識及蓄有反共抗俄之意義者爲原則」，中國文藝協會成立的大會宣言亦指出文藝工作者「特別需要站在戰鬥的前哨，鼓盪一個新文藝運動的主潮，創造血淚凝成的作品，撥開漫天的迷霧，輻射青天白日的光明……」一九五四年全國發動「推行文化清潔運動厲行除三害」——三害指赤色、黃色、黑色。諸如此類活動，皆由黨政主導、結合報刊、雜誌等媒體大力推行，迄七〇年代不衰。

❺ 《寄小讀者》，北京北新書局初版，一九二六年。

憶舊的軟性散文特質。

這一時期的軟性美文作者很用心於散文的詩化努力，也就是在散文中不時變化句型、創造新句、改變句法、引用古詩文句，以增加美感。實際上，這種努力並未增加散文的詩化藝術。散文的詩化原則上應該是散文語言從說明式的敍述進入強烈的象徵系統，如果僅是把古人詩句斷章取義，扦插進去，拼貼而成，並非本質上的詩化。

不過，七〇年代興起的鄉土散文也有另一種趨勢，如陳冠學、吳晟、劉克襄，異於前述洪醒夫等的軟性傾向，他們刻意追求樸素，重質不重文，雖然明白淺顯，未免失去許多藝術價值。同時有的作品過於強烈的意識形態，使得它的主題內容顯得千篇一律，有的作品則拘束於素樸的自然主義，造成文體的報導化、平面化，皆是因襲之過。

(三) 創作與製造的混淆

由於政教的宣導，文學獎的誘發，文壇出現許多迎合官方政策或者徵獎單位立場的詩文。有些作者左右開弓，一邊寫戰鬥文學，一邊寫超現實主義文學，[6]仍能兩面照顧周全。大部分人則不然，在樣板文章做久之後，便積習爲常，成爲舊文體的複製者。五、六〇年代諸多作家的反共文學最能反映這種情形。首倡者張道藩也發現樣板化的危機。他在〈論當前自由中國文藝發展的方向〉❼中說：

三年來反共的小說，很多是千篇一律的形式，千篇一律的佈局結構，千篇一律的敘述描寫，千篇一律的語言文字。

以上看法絕非空穴來風，也不限於小說一項文類，詩的情況有過之而無不及，散文創作也難脫框限，而且由始作俑者提出，顯見情勢惡劣化的程度。

(四) 世紀末散文的異化

八〇年代以降，步向二十世紀末的臺灣文化結構出現重大改變，文學的消費性格暴漲，就現象面而言超越了散文本身藝術性討論的重要性；此外，官方的政策文學也同時崩潰。換

❻ 例如瘂弦在一九五六年以〈冬天的憤怒〉一詩獲文獎會長詩第二獎，這首詩跟他同時寫的〈我們要回去〉、〈火把火把哨〉、〈祖國萬歲〉都是典型的應制反共詩，而在同年乃至次年他又寫了如〈婦人〉、〈鹽〉等受詩壇推崇的詩作。

❼ 見同註❸。

言之，前所述的各種問題並沒有獲得躍昇式的改善，但是影響創作的外緣努力已由官方說法、地域意識形態等等逐漸轉移爲商業體制的操縱。文學出版品被當成純粹的商品行銷，作者個人的魅力也被出版社當成推銷的「賣點」。即使是一位嚴肅的作家，出書必然會受到整個大環境的影響。就現象面而言，八〇年代臺灣文學的消費性格已逐漸成形實爲一大特色，散文在諸種文類中是異化最嚴重者。❽

(五)缺乏散文研究者

創作的因襲一方面可歸諸時代氣氛和作者才力不足等因素，而散文研究的問題實與創作互爲因果。長久以來臺灣沒有人願意長期投入散文做專業研究。

早期散文研究者無法長期專精於評論工作，散點式的論評著作不是僅流於印象式的讀後感，就是因襲前人的方法、觀點乃至思想，難有創意。散文不若小說、新詩一直都有學者、作家在理論上不斷辯證論爭。散文一直被排除在文學論爭之外，也就是關懷之外。❾

三、重建整合與創新開闢的線索

面對二十世紀末的臺灣散文現象，我們覺得有必要反問如何進行重建整合與創新開闢，否則跟隨著新世紀的來臨，散文的商品異化將更形嚴重。筆者認爲以下兩點值得思考：

（一）拓展創作格局

近四十年來，臺灣的散文創作者大部分耽溺於感性的抒情小品。實則，以抒發個人爲主的感性散文，其發展實有相當的限制，首先必須注意到選材的問題，蓋感性散文的題材內容不外乎以作家的生命歷程及生活體驗爲主，然而個人的閱歷極爲有限，故其題材勢必有窮盡之時。其次，感性散文的風格呈現作家的人格個性與情緒感懷，對於一位長期寫作散文的作者而言也極容易造成風格的定型而導致文體的一再複製，爲創作者所忌。第三，感性散文的主題大部分投射作者的人生觀照，而一般人的人生觀在成年之後就已大致定型，很難有所調整，是故，在其散文作品中，也會呈現出人生觀照的固定化。第四，感性散文以發揮作者的感緒情懷爲主，無限制創作下去，也容易導致濫情的趨勢，亦爲創作者所忌。

因此我們建議創作者應走出小我（而非排斥自我），關懷大千世界，走出軟調的感性空間，

❽ 參見本書〈臺灣現代散文現象觀測〉。
❾ 參見本書〈臺灣的現代散文研究〉。

朝向知性的宇宙觀邁進，在作品中投入思想，題材不限於切身經驗，在創作的同時發展、擴張自己的生命，以成長觀面對二十世紀人類的問題，才能完成具有當代感並且參與當代的散文作品。

散文創作的文類束縛也在近四十年中呈現出來，描寫的堆砌成爲散文構成的主要因素，使得散文的單調與日俱增，實有突破的必要。例如現代詩的意象及象徵系統便可以容納入散文創作構成的領域，使唯美的散文開拓嶄新的靈視空間，而鄉土散文納入小說的敍述性則能加入厚實的氣蘊。同時，研究者也應該涉及不同文類的理論以及宏觀的文化史、文學史襟懷，當他要進入散文研究之刻，應先掌握文學史與文化發展的整體形勢，並了解不同文類的差異及可能的相融性，才有可能做出有效的評鑑。

就純文學創作而言，任何時代，只要保有創作的自由，就是可以發揮創作生命力的時代。面對消費性格主導的後現代社會環境，作家仍能從中得到無窮的、超越前代的靈感來進行創作。在二十世紀末，文學創作者已不能自外於時代，將來更難。一九八五年堺屋太一完成《知價革命》[19]指出新社會的特質是知識價值革命，而知識價值與流行文化在商業體制的結合下快速更替是無法避免的趨勢。如果做爲社會文化反省角色的文學家都一道隨俗浮沉，勢必形成文學悲慘的墮落。是以，創作者必須尋找到藝術與商業的折衷點、眞知與風尙的會合處，進而創作出異乎前代的嶄新作品。

（二）革新研究觀念

面對新世紀，如果我們仍然襲用舊的文學觀來回顧、檢討散文，實在缺乏意義。目前臺灣散文界的當務之急是要建立新的方法論——屬於整合式的，而非單軌、孤立的方法論。二十世紀前葉，強調的是一元文化。二十世紀末則進入多元社會，已經不能用某一種特定的，諸如政令宣導或者評者個人的道德觀來束縛多元化的創作趨勢。評論者勢必要從文體中的意識領域和形式營造、配合著文學周邊性的全方位研究，來發現作者的世界觀及思想，而不是僅僅借著作者的傳記資料來羅織結論。檢討陳說的同時，也應反省過去僵化的文學史觀點，改變以編年堆砌史料、或以政治動態來分期的文學史觀，讓文學回歸於文學。[11]

漢城•〈韓、中、日隨筆文學國際研討會〉宣讀論文

[10] 《知價革命》，日本PHP研究所，一九八五年出版。
[11] 參見本書〈臺灣的現代散文研究〉。

臺灣現代散文中的崇高情感

一

一九八二年林燿德發表的散文〈震來虩虩〉❶第三段云：

……步行在敦化南路的大道之上，有兩座連體嬰似的大厦才剛完工，象徵著文明的龐然大物，如兩枚暗黑色的火箭矗立夜空，没有燈火，也没有人煙。埃及的人面獅身不正是如此地坐在沙漠上麼？我張口仰視，彷彿歲月已老，而身在千萬年後，垂憐著古老文明的奥妙，卻又震懾於它的強大。夜極靜。靜得連斷斷續續的車聲也彷彿隔世，我竟如同聽到巨獸吼聲般駭然，《易經》說：「震來虩虩。」

❶ 見《一座城市的身世》，時報文化出版公司，一九八七年初版。

「震來虩虩」出自《周易·下經》〈震卦〉：「震，亨。震來虩虩，笑言啞啞，震驚百里，不喪匕鬯。」虩虩原指壁虎，引申為恐懼，震來虩虩是指地震來襲時造成萬物的驚惶。作者以此為題，是想抓住一種心靈震撼的情感，而這種震撼是來自一系列的矛盾情境，「親與不親的邊界」、「若即若離」、物理上的「夜極靜」和心理上的「巨獸吼聲」，這些向兩極擺盪的對比修辭和意象，加上對現實都會壯濶景觀的驚嘆，以及對更為龐大的歷史力量(「彷彿歲月已老，而身在千萬年後」)的虛構，形成了一種愛恨交織、感動與感傷並陳的文體。

這篇作品除了可視為新興都市文體的一種原型之外，也呈現了本文所欲討論的「崇高」情感。

「崇高」基本上是西方文學和文化視野的產物，和中國固有文體風格學中的「雄渾」等概念不同。❷中國文學傳統一向以追求人與宇宙的和諧狀態為懸的，司空圖《詩品》中的「雄渾」即為著例，其概念是：

> 大用外腓，真體內充。返虛入渾，積健為雄。具備萬物，橫絕太空。荒荒油雲，寥寥長風。超以象外，得其環中。持之非強，來之無窮。❸

這種中國式的風格描述，不僅是修辭範疇的形式主義討論，且是兼及體用，人格與文品貫滙的一種主體詩學觀念；「返虛入渾」是認題、「積健爲雄」是使命，「具備萬物」是創作者內在空間的拓展，「橫絕太空」則是發於外的文體。這種主體詩學所昭示的是一種同心圓的結構，主體是隱藏的圓中之圓，正文是包圍主體的顯現之圓，外圓的內容由內圓放射出來，而主體的存在則透過外圓而彰顯、擴充。至於正文中的客體（美學對象）則先於正文的出現，已被隱藏之圓主體化了。簡單地說，這種主體詩學是天人合一的東方人文思想投射於文學創作和研究方法的具體例證。

反之，西方美學傳統裏對於文學作品中「崇高」情感的言談，則導源於人與未知事物／世界的斷裂，在苦樂兩極交流的衝激間才能產生「崇高」的美學範疇。換句話說，人與外界的對抗，有限與無限的對決，呈現崇高的情境必有創作主體和美學客體之間的矛盾做爲前提：神秘、威嚴、不可言狀的客體拒絕被探知，審美主體則在這種壓力下被迫脫離原有的主體性，而在審美的實踐過程中試圖呈現出不可呈現的感情或者事物，藉以完成主客體的統一。

脫胎於西方美學傳統的「崇高」和源自東方美學傳統的「雄渾」，後者的主客體統一狀

---

❷ 中國文學中固然也找得到崇高的風格，例如神話中的〈夸父逐日〉、唐詩人陳子昂的〈登幽州臺歌〉等，但畢竟只是極少數，不能成爲一種文化特色。

❸ 見〈雄渾〉，《二十四詩品》，金楓出版公司，一九八七年版。

態先於藝術創作，而前者則在創作實踐中顯現。

二

在西方文藝傳統中，崇高最初只是修辭格的一種，公元一世紀時希臘雄辯家阿波羅杜羅斯的學生凱什琉斯寫下〈論崇高〉一文，將崇高視爲演說風格的修辭原則之一（原文已亡佚）。另一篇同時代完成的〈論崇高〉在漫長的歷史中流傳了下來，但是作者的名字卻亡佚了。這篇崇高論保持了前一篇崇高論的修辭學概念，但是進一步把文學中優秀的組成部分都劃入崇高的領域。

公元一世紀的無名作者指出唯心論的崇高觀：

……財富、榮譽、名望、無限的權力以及諸如此類的東西，以自己外表的光輝來誘惑人們，明智的人不可能把真正幸福所鄙視的那種東西視為幸福。使人驚訝和嘆服的不是那些虛假幸福的占有者，而是那些完全有可能享有這類幸福、但由於自己的精神境界高而自豪地拒絕這類幸福的人們……

他並且把崇高和神秘的自然力量——也就是說一種含混的神的概念——連結在一起：

> 自然界從來不把我們、不把人們變成微不足道的存在物，——不，它把我們引進生活，過上喜慶的日子，使我們觀察到它的完整面貌，成為它的熱烈崇敬者，它一勞永逸地使我們心靈中充滿了對一切偉大事物的不可遏止的愛，因為偉大的事物比我們更神聖。

作者認爲崇高可以把人的靈魂提升到神靈的偉大境界。一七五七年，英國理論家博克發表了〈論崇高與美兩個觀念的根源〉，❹指出崇高與美不同，前者以痛苦爲基礎，而後者則以快感爲基礎；但是首先在哲學上揭示崇高本質而影響迄今不衰的是德國古典美學和哲學奠基人伊曼奴・康德（Immanuel Kant, 1724-1804）。

康德認爲美是一種形式，在這個形式中審美對象在知感交融的情況下呈現，而眞正的崇高卻不是感情形式所能容納。換言之，崇高情感的產生是因爲崇高的理性觀念無法找到恰如其分的形象來表現。康德在名著《對美感和崇高感的觀察》❺中指出：

❹ 以上參見《美學》第三章，尤・鮑列夫著，上海譯文出版社，一九八八年版。
❺ 見《十九世紀西方美學名著選・德國卷》，二八頁，復旦大學出版社，一九九〇年版。

我們現在要加以考察的精細感情，主要有兩種：崇高感和美感。兩種情感都是愉快的，但愉快的方式和性質卻完全不同。高聳入雲的雪峯的景色，一段狂風驟雨的描寫，或者彌爾頓關於冥冥世界的一節敘述，都會引起愉快，不過是帶有某種恐懼的愉快。另一方面，鮮花盛開的草地，溪水奔瀉，牛羊遍野的山谷，天堂的風光，或者荷馬史詩中對愛神維納斯的腰帶上的圖飾的描繪，也會引起愉快的情感，但與前者不同，這裏是賞心悅目的愉快。為了使這裏提到的第一種情感能有適當的強度，我們應具備崇高感；為了享受後一種愉快，則必須有感受美的能力。森林中高大的橡樹和寂靜的陰影是崇高的，花壇、低矮的荆棘籬笆以及巧妙地精心修剪的樹木是美的。黑夜是崇高的，白晝是美的。當閃爍的星光穿過幽黯的夜幕孤月當空，這時夏日黃昏的寂靜便在具有崇高感的天性裏逐漸引起一種友愛的，超塵脫俗的、永恆的高尚情懷。光輝的白晝喚起活動的熱情和歡樂的情緒。崇高令人激動美令人陶醉。充滿崇高感的人的表情是嚴肅的，有時凝然不動，並令人驚異。反之，強烈的美感使眼神中流露出快樂的光芒，笑口常開，喜氣滿面。崇高又是另一種情形，有時這種感情伴隨著單純的驚異，有時伴隨著超然的神情。我想把第一種稱為恐懼的崇高，把第二種稱為高貴的崇高，把第三種稱為壯麗的崇高。沉深的孤獨是崇高的，但它含有一些恐懼。可見，那廣大無邊的虛無，正同那遼濶無邊的荒涼的韃靼大沙漠一樣，總是使人覺得其中居住著可怕的魔鬼、山妖和幽靈。崇高總是高大的，美可能是小巧的。崇高必須樸素單純，美則可以漂亮繁飾。極高和極深都同樣可以喚起崇高感。不過，極深引起的崇高感夾雜著顫慄驚懼，而極高引起的崇高感則伴隨著欣賞讚嘆。因此，前一種情感可以叫做可怕的崇高，後一種情感可以稱為高貴的崇高。……

一段漫長的時間是崇高的。如果它屬於過去，它就是高貴的，如果在無限遙遠的未來中預想到它，它就帶有某種令人恐懼的成分。遠古的建築令人景仰，哈勒關於未來的永恆的描述引起一種輕微的恐懼，而他對已逝的永恆的描寫則引起某種驚奇。

在同一篇文章中康德又論及人性本身的崇高，善是一種崇高，「甚至罪惡和道德缺陷有時也具有某種崇高或美的特點」；康德也將人類的道德情感區分為「眞正的道德」、「名義上的道德」和「道德的虛榮」。這些論點雖然不建立在對藝術文學作品的實證上，而是就人性普遍原則歸納出來的言談，但是卻有助於我們對康德所謂的崇高感進行辨識。

在二十世紀法國哲學家李歐塔的《後現代狀況》❻一書中，附錄了一篇〈答客問：什麼

❻ 見《The Postmodern Condition: A Report on Knowledege》, University of Minnesota Press, 1984.

是後現代主義？〉，在該文中，作者重新提出了崇高的課題。

李歐塔指出：「現代文藝是自崇高的美學中尋找到原動力，而前衛流派的邏輯也在崇高美學中尋找到了定理。」當然，李歐塔簡略地回顧了崇高美學的歷史，並且進一步引申出他的見解。李奧塔認爲和獲得愉悅經驗的「反思」不同，崇高是另一種觀點，它剛好立足於愉悅經驗的反面，當想像無法成功地呈現對應的客體時，崇高的情感便出現了，例如說：

我們擁有世界的概念（它的整體），但是我們無法舉證說明。我們擁有「簡易」，（無法再予以打破、解構）的概念，但是我們無法用一個具體可見的實體來做爲「案例」。我們可以臆想無上的宏偉，無盡的力量，但是任何「可見的」實物都無法適當地呈現這些概念。那些都是無法呈現的概念，因此，它們無法傳授關於現實（經驗）的智識；它們也阻撓了各種美感機能的自由組合，……它們可說是無法呈現的。

李歐塔認爲崇高是現代主義文學藝術和後現代主義文學藝術共同的動力，現代主義者和繼起的後現代諸流派，無一不是在追求如何呈現不可能呈現的事物。只不過說，前者允許那些不可呈現的事物寄存在被遺失的內容：現代主義文體本身抗拒了「不可呈現者」的現身；而後者則企圖以「再現本身」來呈現不可呈現的事物。

後現代文藝家不再像現代主義者必須藉助於形式體系和品味共識，他們所追求的是對「不可呈現」的認知。因此，寫作本身不必再依賴固定的學院理論和規則。

三

崇高的概念在臺灣文學研究界中並不曾引起廣泛的議論。事實上，當臺灣當代作家處身急遽變遷而資訊爆炸的新社會中，他們逐漸脫逸出中國傳統的文學言談，在創作的技巧和意念各方面，尤其是八〇年代以降，日益受到整個世界文學潮流更多直接或間接的影響。

臺灣散文作品在很長的一段時間中，一直耽溺在修辭術的經營和唯美情懷的舖陳上，除了創作者的因循之外，另一個重要因素是臺灣的讀者習慣於文藝腔的閱讀，到了八〇年代又遭遇到文學市場的非文學化現象，大量短小輕薄的作品湧現於副刊版面，更佔據了出版市場的主流。我們可以說，在量化的觀察面上，臺灣散文和類散文（例如警句體文學、極短篇、手記體創作、趣味消閒性報導）顯現的是無深度、無厚度的面相，形成散文界的空洞化局面。

李歐塔在〈答客問：什麼是後現代主義？〉中指出蒙田的散文是後現代的，這表示東亞民族特有文類的散文（尤其是現代的議論性雜文和知性散文）是否早已具有後現代特質？崇高感的悲喜交織，是不是在量之墜落的當代臺灣散文發展中，呈現出一道孤絕的源流？

四

汪啓疆的散文作品以家國之愛、袍澤之情以及對於宗教信仰的虔誠爲主要內容。一九七三年完成的〈主內的愛〉，❼敍述主角年輕時隨臺灣艦隊訪問美國加州遇到一位虔敬上帝的老太太。正文中，白得門老太太和第一人稱 WANG 只有幾段對話，老太太身爲一個世代講道的牧師家族中最年長的一位，她在家人主持的聚會所中總是和顏悅色，她和建築內部的空間已經結合爲一。

開船的日子逼近時，老太太邀請臺灣艦隊中的基督徒齊聚一堂：

……她親愛地凝視我們每一個，說：

「我真快樂。……我們一同禱告好嗎？」

我們全體垂下頭來。

「慈愛的主。我們在祢面前，因您無盡的愛。……《聖經》告訴我們，您已將平安賜給我們。請祝福這船，平安的回到他們的國家。……」

我閉住眼睛。

這不是母親的聲音嗎……。我們全是陌生的人，在我們與這位美國老太太之間，完全的陌生啊。當我們在遠在萬浬的海域那邊，在我們自己的國土上，實在沒有想到有這麼深的愛，預備在加州的這片土地。我眼前浮起了 DOKE 牧師夫婦，小白得門先生，聖地牙哥國語禮拜堂的那些兄姐，那一個不是充滿了主愛的喜悅呀！主藉著那些，像蕉衣把我們層層的裹護，「凡屬於我的，我一個也不失去」，無論我們在那裏，這份愛總奇妙的預備在我們四周，家一樣的，母親一樣的照顧關懷著我們。緩緩斷續又嗆啞低沉的禱告——溫柔巨大的感動，如樹根深藏在肺腑的泥裏，扯動胸膛，——海浪那樣，溫柔的卻以無比的力量向每顆心湧進。

「這老太太和我們有什麼關係呢？她卻那樣愛我們。」一位弟兄感動的說。我們回答什麼呢?!

——泥土愛著生長在祂裏面的根。

——海洋包涵了祂內裏的一切，呵護而且餧養了。

祂在泥土和海洋之上，是一切的父。

❼見《攤開胸膛的疆域》，心影出版社，一九七九年初版。

以上文字毫無掛礙地呈現出第一人稱 WANG 視野中對於白得門老太太／母親／大地／海洋／上帝的意象層遞，其間貫串的是一種毫無懷疑的信仰，上帝成爲一種特定意識形態人羣之間彼此認可的符徵，白得門老太太的形象經由十分職業化的粉妝，而淪爲通向「上帝」這個名詞的一個介系詞。

在此，雖然作品中廻環著宗教氛圍，卻與眞正的崇高無關，讀者所見的是一種浪漫而唯美的信仰，一種沉溺於幸福表徵的傾倒。

林清玄以系列的「菩提」散文來闡釋佛理、以系列的「寶謁」來註解佛經，在文章中他仍然扮演著虔誠信徒的角色。〈人骨念珠〉❽面對著一百一十位喇嘛高僧的眉輪骨所串成的念珠，他既詮釋高僧個人修持的極致，又傳遞衆僧德行綿延不絕的意義，世世將受到信徒的禮拜。文中主角陳述個人的感悟，是要讓讀者知道：只要努力修持人人都可以立地成佛；這類型作品，仍舊屬於濃厚的宣教散文。

許臺英是另一位凸出個人信仰的女作家，她的神學小品是值得注意的對象。相對於前述例子，她在運用散文媒介天主教靈修生活時，把許多感動收斂在字裏行間；也因爲她採用的修辭手段比較質樸自然，乃透露出具備壓抑感的深沉色調。〈曠野〉❾是她代表作之一，顯而易見，第一人稱敍述者自我和神、冷酷的世界構成了三角對話關係。許臺英的作品時而逸脫神學教條而進入泛神化的心靈狀態，如〈曠野〉中〔松針・枯葉〕一節：

松針式的靜默，是一種手心向下的憐寬；枯葉式的刻薄，是一種手心向上的含恨而終。

又如〈苦路・墓碑〉一節：

從修院側門一株古老的榕樹下開始，每隔幾步就樹立一根木十字架，雕繪出耶穌為救贖人靈所走的苦路：受審判、遭凌辱、聖母悲慟、聖婦以白帕擦面、力乏跌倒、喝酸醋苦膽、完成奉獻、聖母卸屍、埋葬墳墓……共十四處。幾公里的苦路雕像兩旁，全是蓊蓊鬱鬱的松樹林和相思林，散發一股幽玄凝重的蒼涼感。不時還隱隱傳來修女人們誦經唱詩的歌聲。陰濕的幽徑上，佈滿斑駁的苔痕，在這些絲絨般的苔徑裏，隱藏了多少信衆的祈願和感恩？「曖曖遠人村，依依墟里煙」的詩意，恍若回到唐朝或京都的禪院林泉，益增胸中邱壑。

苦路盡頭，霍然呈現另一片墓園的曠野。大小墳塚和十字架，正對著雄偉的觀音山與

❽ 見《紫色菩提》，九歌出版公司，一九八六年版。

❾ 見《聯合文學》第十八期，一九八六年四月。

悠悠的淡水河。最醒目最大的白色十字架上浮雕著一句：「我就是復活我就是生命。」雖是隆寒逼人的下午，我依然噙著淚水獨坐在墓地的綠色草坪，悼念這些入土的麥粒。對面，觀音山詭異的峯巒累累，蒙上一層頓悟的清明。陽光灑在淡水河上，閃爍著刺眼的銀白。身邊許多白花花的五節芒像在耳語：肉身的死亡只是最低的層次……「關關雎鳩，在河之洲。」——面對莽莽乾坤的陰陽調和，更加信服笛卡兒的啓示：「經驗漸增，就逐漸削弱對於感官的信心。」因為感官的本性不但會出錯、會欺騙也會下錯誤的判斷。佛家也指六根汚染真性。人類有形的身體或物體都是可分的，唯獨心靈卻是完全不可分的絕對單一的整體。

生命、靈魂原跟空氣、海水一樣，都在全能者的同一肢體內，彼此息息相關。細看眼前的川澤納汚，才驚覺彼岸的祂正等我捨棄自己的小船，跟祂去尋找另一海洋。

第一人稱敍述者走出修道院，看見連串的木十字架，卽刻面臨苦路／死亡意象的威嚇，然而她以平靜的心情靜默地通過，在苦路盡頭處豁然出現墓園，山水環抱中的死寂曠野出現了白十字架上的浮雕字句「我就是復活我就是生命。」這時一種沉默的宗教情緒在死亡的沉默和復活的憧憬之間緩緩升起，而滙融於「全能者的同一肢體」。

許臺英的神學小品交雜著筆記形式和隨興的自由聯想，她的感性文體依舊主導著整個創作／閱讀的流程。

上述諸人都是以虔誠的信徒現身說法，崇高的神祇已然牢固地在主角心靈深處。因此，只要遇到任何宗教性的媒介——例如熱心的傳教士、僧徒留下的遺物，或履踐聖地，都會湧現一般人所不易產生的崇敬感。對於教徒讀者而言確然可以加深其信仰，對於非教徒，亦具有引領作用。但是，這種來自宗教及社會道德的催化作用並非源自眞正的崇高感，蓋其文章實依賴主角對宗教一廂情願的信仰以感動讀者，並沒有經過任何情感頓挫與思辯過程而產生藝術上的說服力。

張曉風系列的傳教式散文可以《給你》❿書中諸篇爲代表。和上述諸作不同的是，張曉風文章中的主角「我」雖然扮演著宣教者的角色，卻並不讓讀者感到「我」是虔誠的信徒——雖然「我」時常強調自己是。例如作者經常介紹信仰上帝的好處說：

> 同樣的，成為一個基督徒並沒有喪失自由，有如魚找到了水，羽翼鼓向風，所尋到的是更豐富廣泛的自由。（二〇頁）
>
> 敢於自剖的人並不怯弱，敢於自責的人的並不畏縮，敢於承認上帝是上帝的人並不自

❿《給你》，宇宙光出版社，一九八三年版。

卑。因為上帝是這樣好，宇宙是這樣好，把自己交給上帝正像把自己交給空氣，你整個在他裏面，卻又沒有一點壓力，你呼吸他、吐納他，他在你裏面，卻又沒有掠奪你一絲一毫。（二二頁）

讀者讀到的是「引介」，和前述諸人身陷於某個情境中被感動不同。張氏的宣教方式大抵在介紹一個和主題不太關聯的生動故事之後，急轉直下，推出上帝來結尾，例如〈不遇〉中主角敍述餃子和餡之間不能完全和諧的遇合，引伸到萬事萬物秩序的重要……結論是：

基督教的信仰要我們尋找一個最根本的秩序，人間的荒謬和錯誤是可以避免的。而一切的秩序最後歸依於造物。

同樣的，在〈笑話〉中，作者從《太平御覽》中的一則笑話談起，人類生活中有許多笑話，但是作者越來越笑不出來，只覺得讓人驚悟。接著又急轉直下：

如果沒有上帝，沒有永生，沒有更高貴的可供我們去愛慕去仰望的對象，則生命只能是一則笑話。

張氏的文章大抵在告示讀者：上帝是崇高的，可成爲人類高山仰止、景行行止的對象。但是，作者只告訴我們「祂是」，沒有什麼跨越神人對立的仲介，人與神之間依舊停滯在無法對話的情境。因此，讀者讀不出崇高的感動。

眞實的、深入的、永恆的信仰應該是經過懷疑、辯證與掙扎的過程，最後得到淨化與信仰，上舉諸作都沒有這個過程，因而其作品中的神祇都經過粉飾，是神聖不可觸犯、不能懷疑、修正，只要信仰、履踐便好。在這情形下產生的僅是一種似是而非的崇高感情。

高大鵬的系列「追尋」散文，在衆作中脫穎而出，呈現他個人思維的光輝。從〈大雄寶殿下的沉思〉⓫到〈杜林屍布下的沉思〉，⓬他從中國文化和佛教的省思過渡到一種新的信仰，確然在宗教中找到了偉大的崇高感。

〈杜林屍布下的沉思〉深刻觸及了概念與對象之間的關係，成爲臺灣現代散文發展迄今以宗教崇高感爲課題的上選範例之一。

杜林屍布（Shroud of Turin）是打從一五七八年就保存於義大利杜林市聖喬萬尼·巴芾斯塔大教堂內皇家教堂的一塊亞麻布，這塊長十四英尺三英寸、寬三英尺七英寸的亞麻布

⓫ 見《追尋》，聯合文學出版社，一九八九年版。
⓬ 見《見證》第一八八期，一九八九年五月。

帶有正反兩面人形痕跡，據說是耶穌的屍衣。屍衣上的人形出現斑痕，恰好吻合耶穌受刑時流血的部位。自十九世紀末開始，就有學者試圖以科學方法鑑別其眞僞，但近年已證明杜林屍布上的聖像竟是贋品。

在文章開頭，敍述者就揭示了杜林屍布「只是幾百年前僞造的聖像，並不是主耶穌的眞容」，寫出基督徒因而受到挫折的失落感受。

敍述者回憶初次見識杜林屍布的震撼：

> 第一次知道杜林屍布是在天主教版的《聖經》上。翻開扉頁，赫然看見主的聖像，當時感覺有如觸電一般，這是我見過的最「美」的一幅基督聖像了！我看過無數西方畫家筆下的基督，或莊嚴或溫雅，或陽剛或陰柔，都把他們心目中基督的美表達到了極致。但眼前這幅聖像的美卻與所有畫家筆下的美不在同一個層次上。它這個不像是畫上去的，倒像是生出來的，那一種莊嚴肅穆，那一種凛然不可侵犯的神聖之感，完全是《以賽亞書》中受苦僕人的寫實，然而同時又有君王的威嚴氣慨。墨黑的背景上浮現出依稀的人影——傷痕宛然，血漬宛然，悲慟宛然——祂為萬民嘗了死味，祂如被宰之羊默不出聲，祂緊緊閉上了眼，把古往今來所有人類的罪都默默地和下去了……在這幅聖像面前我們自覺有罪，同時又覺得罪得赦免了，這種矛盾的感受，這種奇妙

> 的境界，都不是尋常畫工所能畫出來的——達文西不能，林布蘭不能，甚至沉重的盧奧也不能。誰能畫出一幅聖像讓人一見就覺得自己有罪，同時又感覺自己罪已得赦了呢？除非這就是救主本人，祂自己向我們顯現。呵，一切神蹟中最大的不就是教人認罪並赦了人的罪嗎？我因此對杜林屍布上的聖像感到一分敬畏之意，常想我主在世時大約就是這般形貌了吧！對於我，它遠比文藝復興時代雍容華貴的基督像令人心儀。我們在天堂中所見到的主自然是霞光萬道，榮美非常的，但是祂在地上受苦的形像卻可能是更「美」的。你我的罪得赦，原不在乎祂在天堂榮耀的儀表，而在乎天父垂顧祂在地上受苦的真容啊！

杜林屍布本身就是一種崇高。康德曾經引用《聖經》上〈十誡〉所示「不可製造偶像」一則，他認爲這條戒律，是《聖經》中最崇高的一段，因爲「不可製造偶像」的規律禁止了對於上帝的再現。透過僞作者的精心擘畫，那個無名藝術家竟然得以將不可呈現的神呈現在區區一塊亞麻布上。本文敍述者在歷史中溯源而上，他認爲無名藝術家在「創作」的同時，「在他的心之眼裏，確實見過基督，在永恆的一瞥中，他窺見那個奧秘，在聖靈的感動下，他製作出最逼眞的聖像」。在此，當本文敍述者描述臆測無名藝術家的創作歷程時，他本身也再現了另一個不可呈現的美學客體——藝術家在眞實生活和藝術創作過程中觸及神的不可呈現性以及藝術家本身內在心象的模糊輪廓。

敍述者認爲杜林屍布的眞僞之辨，是因爲上帝願意啓示這個眞相，而產生了「一種超越人情的美的感覺」；並且因爲如此，這種美的感覺已非崇高的對立，反而是崇高的極致，由俗入聖的大昇華。此刻，面臨杜林屍布上「眞正彌賽亞的境界」時，信衆們感受到的是：

……如同巴哈筆下〈馬太受難曲〉一般那種難以言宣的境界，聽見它，我們一面低頭認罪一面又確信罪得赦了，這種眞實不虛的感動任何一個重生得救的人都能印證的，不就是由美而來的眞麼？天地悠悠，歲月如流，也許永遠不會有人知道杜林當年的那位「畫家」是誰，但上帝紀念他，他的名字在生命册上，比達文西、林布蘭更奇特的名字閃耀在天宇深處……。

五

崇高的美學範疇，特別是在宗教文學的領域裏得以具體顯現出來。這一類作品在信徒筆下很容易成爲宣教作品。如果非信徒關懷此一課題時，有時能成爲一種文化的崇高感情。王幼華在〈諸神復活〉⓭把一樁發生在一九七八年的山難事件和臺灣地域性的祭禮、「造物者的神奇」等史實／虛構的敍述，並置拼貼爲一篇散文。在〈諸神之夜〉一節中，可顯見作者採取白描手法，同時把文化嘲諷和（被隱匿的）文化震撼兩種情感鎖鍊在一場衆神出巡的過程中。

李昂，在〈印度・尼泊爾神廟上的性愛雕刻〉⓮的夾議體遊記散文中，同樣呈現了崇高情感，自有形的性愛雕刻中「巧遇」了無可名狀的「對生命、自然的敬畏」：

> 而排除種種歷史因素、背景原因，只是置身神廟抬頭仰望，由於雕工顯然對人體的肌理掌握十分得當，表現在石雕上的每一寸身體肌肉，都極具質感，恍惚在皮膚下有著血脈在跳動在呼吸。特別是雕像所在大都遠遠高過人頭，隔著一段距離抬頭往上仰望，那一組組豐腴的人體，無不在述說著人類肉身極致的完美與歡愉。
> 就是這些性愛石雕，毫不隱瞞的環繞著廟的四周岩壁，上千年以來一直站在陽光下、在黑暗中，在雨煙朦朧的印度雨季裏。維持著他們的姿勢，坦然的接受一個個朝代的更換，一批批遊客異色的眼光。

⓭ 見《中外文學》第一一三期，一九八一年十月。
⓮ 見《貓咪與情人》，時報文化出版公司，一九八七年版。

而後，從目眩神迷的激情中尋回自身，我開始想到，或許因為這些石雕出現在高聳的神廟上，或許因為它如此明朗的出現在光天化日下，那一向被人認為禁忌的性愛，在印度清藍的藍天下，呈現的竟是最至高的對生命的讚禮。

我知道我是被深深的感動了，而對生命、自然的敬畏，也不禁油然而生。

在新一代的散文／小說創作者的筆下，這種苦澀與甜蜜交纏的崇高情感，已不限於文學與宗教互相踐履的領域之中，王幼華的〈諸〉文和李昂的〈印〉文所展示者正是強烈的文化震撼：拔脫出既有文化經驗範疇，和異文化或本身文化被現實疏離、陌生化的成分素面相對的靈魂電擊。

陳彥的〈今夕何夕〉⑮則將崇高的情感和時代巨人的形象予以疊合，成就一篇人格崇高感的散文。它不同於五、六〇年代臺灣「戰鬥文學時期」對於「崇高使命」（通常指的就是「反共復國」）的虛情假意，生硬地將蛇足附加於正文之中；陳彥筆下，蔣經國先生（全文以第三人稱限制觀點進行敘述，未點明係蔣氏）去世後，他的靈魂回顧臺灣的大山大水；蔣氏在寓言化的正文中已經不再是一個「空洞而不可侵犯的符徵」，終於落實回「人」，內省空間幽然呈現，巨大身影和神秘的「聲音」交談；當他在正文結束時，移動著腳步，但是依舊遲疑，這種徘徊的矛盾反而能夠顯現出做爲審美客體的蔣氏在臺灣文化的言談中首度具備了「眞實的崇高人格」：

他早悟到，擁有權力是苦惱的事，因為，總希望把事情決定得完美，因此可能三思、四思，甚至最後一刻也會改變。每一種決定卻常利弊互見，要是沒有決定權，心理就不必忐忑。

有些事畢竟是容易確定的。他可以確定一件事，如果走進右邊叉口，將上輩子滋味重來，卻不能和相同的人共處，他會若有所失的。

他的決定是——他不覺憶起年幼時，不必做任何決定的快樂時光。這一想法，使他聯想起先他離開人世的親人。他沒有見到他們，根本見不到？

他能不能在這條路上，等待他思念的人？

他知道猶豫過久是不行的。

「你只剩最後一次機會了！你站立太久，你想看到什麼？你想靠什麼得到安慰？你心理不平安嗎？」「聲音」透著嘲諷！這回是快速到他耳邊。

沒有人提供意見，分析利弊，一切得靠自己。他倒不是為這個猶疑的，而是，他想起

⑮ 見《當代》第二十五期，一九八八年五月。

以往怎樣聆聽各種意見，以及那時候的種種憂慮。當他移動腳步，離開第二個叉口，不遠的前方閃現一條龍，只閃一下，卻栩栩如生。他又遲疑腳步了！因為突然想知道今夕何夕？他必須在何時看到人世，那時的平安景象，對他而言才是平安呢？

六

仰望無垠無涯的歷史，它本身無法返回、無法被超越的本質時常給予人類極大的撞擊，在創作者筆下乃寫出歷史的崇高。林燿德的〈魚夢〉⑯便是。

〈魚夢〉以魚做為人類的心象，魚實為人類的符徵，它象徵人類的生命——生命的衝動和生命的進化，魚夢在本文中其實就是自古迄今人類集體潛意識中所釋放出來的夢。人類的悲劇在於「那股無以名之的神秘衝動，將魚羣自汪洋中釋放到大地的邊緣」，因而五億年前「魚羣」便由沼澤艱困地向陸地爬行，最後輾轉進化成了人類，人類有了意識之後，更明顯地有了超越的意圖，想超越時間與死亡、想不朽，種種想望使人類奔向文明。超越的原始方法是生殖，讓另一個分裂的自己繼續存活下去；文明的法則之一是用藝術、文學來趨近於永恆，讓終將跌入沙丁魚罐頭——死亡意象——的有限身軀轉換成抽象的存在。

事實是，當人類在對抗永恆的時候，發現最大的掙扎乃是被時空宰制的強大力量，在不認輸的原始衝動之下，乃落下「鮫人之淚」：

在晉朝干寶所著的《搜神記》卷十二，記載著南海之外生存著鮫人。鮫人水居如魚，不廢編織，他們哭泣的時候，便自眼眶滴落珍珠。

鮫人的形象令人悱惻，淚眼流珠的綺思更擁有神秘魔幻的浪漫色彩。要是鮫人真的存在，他們到底是人類墮落的變種，還是生靈返璞歸真的進化、昇華？

在我的潛意識中正隱伏著一羣魚，它們通過我的心靈，又自我的生命再度啓航。

它們曾經凝聚成海神的化身，在夢中和秦始皇交戰。

它們曾經出現在漢代畫像石上，拖拉沉重的車輛，伴隨轆轤般的輪軸聲，橫空搧動它們透明的鰭翅。

它們來自沒有語言的夐古，經歷變化萬千的時空，目睹了恐龍一族的滅絕。有一日，它們是不是也將在殘敝的、失去了臭氧層的地球上見證人類死亡的寂靜。

那時，它們也只是一羣巨大的黑影，經過變形的山河、經過頹圮的都會；它們依貼著

⑯ 見《聯合副刊》，一九九一年十二月二十三日。

樓房和街道空洞的稜線游動，穿越無聲的建築和銅像，穿越廢棄的繩纜、地鐵和核電廠，穿越望不著邊際的荒涼田野，穿越融解的極地。它們環行地球，吞食人類滅亡的哀泣。

是的，我悄悄釋放它們。

那羣扭擺腰桿前進的魚影，朝向銀河的深處潛航，去尋找重生的慾望。

比「神」要來得更抽象，又比「神」和我們更接近的正是時間。〈魚夢〉以時空的無法跨越、永恆的不可企及做爲敍述的核心。如前所敍，後現代文學力圖以可呈現的事物來再現不可呈現的概念；在〈魚夢〉中，這種不拘傳統散文型模、恣意穿越時空，讓歷史素材與現實生活交錯映現的「無方法之方法」，或者說爲創造新的規則而閃讓了現代散文既有敍述的形式，此種創作思維實是臺灣世紀末文學嶄新的傾向。

香港・〈第三屆現當代文學研討會〉宣讀論文

臺灣現代散文女作家筆下的父親形象

一

親情是現代抒情散文的重要題材，尤其在女作家筆下，雙親乃是最常描寫的對象。由於子女和父母生活距離接近，較難調整適度的美感距離，同時往往被華人社會的傳統倫理意識所牽制，女作家以雙親爲題材的散文並不容易成功。如果仔細觀察，女作家筆下的父親與母親兩組形象又有明顯的不同。女作家面對父母雙親，大體上以母親爲描寫客體的散文較勝於處理父親形象的散文。揆其原因，應是女作家撰寫「母親」題材，遠較描寫「父親」的題材來得熟悉；母親的職分僅是家庭主婦，角色單純，和子女日夜相處，容易掌握；父親是個「社會人」，他所扮演的重要角色是社會上的工作者、家族中的承祧者，剩餘的部分才是父親，在正常的情況下，女兒和父親碰面、接觸的時空都不如和母親的關係密切。更重要的是，作者撰寫母親時的心理壓力比撰寫父親時來得小，較容易放懷寫出心中眞實的感受。

約出生於民國元年至三十年左右的女作家，生長在中國傳統倫理規範的環境中，在那個時代，一般貧民之子都不易獲得讀書進學的機會，遑論女兒。顯然，這個年代出生的女作家，她們的父親都擁有一定程度的社會地位或者政經能力，甚至是高級知識分子，才可能具備開明的觀念；同時，有相當的經濟能力，才會讓女兒讀書上學、進而寫作。儘管如此，老一輩女作家讀書的機會雖比別人多，但是其家庭背景也經常框限了她們對某些題材的創作自由。

在中國的人文環境裏，父親的社會地位決定他整個生命的價值。是以女作家面對世人陳述父親的時候，必然感到父親的聲名比自己重要，保護父親的社會形象成爲寫作的一大壓力。所以，大致上家世越好、社會地位越高的作家，如果不能超越這種心理障礙，他寫出來的父親形象很容易流於單調、板滯、僵硬。

臺灣新世代的女作家比較沒有上述困擾。蓋臺灣的社會形態變遷快速，都市化促使當代家庭脫離農業經濟時代的宗法體制，國民教育的普及更使得女性無論貧富都擁有受教育的機會。女性的智能得到開發，擁有自己的經濟基礎，任誰都可以提筆寫出自己的父親，不再囿限於某一特定社會層次的作家羣。更重要的是，近二十年來男女平等觀及個人主義在臺灣盛行，已和宗法族羣主義大相逕庭，「女兒」不僅可以和兒子一般得到父親的愛，她還可以用親人乃至朋友的要求來期望父親、看待父親；同時，她也擁有批判、超越父親等等權利。因此，在創作同類型作品時，臺灣新世代女作家擁有較前輩女作家更寬闊的心理空間。

二

父親的角色比母親複雜得多，可是女兒和父親接觸的時間遠比母親爲少，因此父親的形象常是浮光掠影的多面呈現，最理想的整體形象是支持父親，使他在小至鄉里、大至國族的社會空間中成爲人羣的榜樣，獲得男性的尊嚴。早期散文最常表現的有下列諸項：

(一) 功　業

此一項目爲老一輩女作家最爲看重者，父親在人世間的價值取決於此，我們發現女作家極少會刻意公佈母親的姓名（傳統中國社會中的「烈女」在古代傳記中一向只留姓不存名），但是，卻時常會出示父親的名諱，社會地位越高的父親越常被寫出來。同時，出現在女作家散文中的父親，不論他們的職業爲仕、爲農或爲工、爲商，他們的精神世界仍然來自中國的儒家傳統，他們往往都喜歡閱讀古聖先賢之書，充分顯示中國社會對儒者的尊崇心理。

(二) 家庭角色

父親是一家之主，必須養家活口，維持家族生計於不墜。他也是全家的指揮中心，爲家屬所依賴、服從。這種地位，使得女兒從小就尊敬父親，父親若不然，女兒在年輕時常會造成心理或行動的反彈，但到了成年時又必須自覺地爲了符合道德訴求而懊悔曾經對父親的唐突。

(三) 性　情

大部分女作家筆下的父親沿襲了中國傳統父親的面具：嚴肅而有威儀，做人行事一絲不苟，行動上總不太親近子女，偶而在某一件小事中會流露出對子女的愛心。他們早年可能叱吒風雲，晚年則喜佛好道，淡泊養生。晚年尤其能夠適時體貼女兒的孝心，大多不收女兒孝敬的金錢。

（四）教　育

讓女兒進學讀書的父親都存在著相當自我的教育觀念，他期盼女兒在教育中不僅得到學識，而且得到涵養，即使由母親每天負責督課，父親僅是偶而抽查指導，他們偶而對子女教育的重視就很令女兒終身難忘。

（五）愛　心

有些父兼母職的父親，會做出許多原爲母親才做的工作，其愛心必爲女兒樂道。但有許多具有嚴父形象的父親，女兒在文章中總會描寫他們「偶然」出現的眷顧，證明他們對女兒並非沒有愛心。

三

從女作家描寫父親的正文中，我們可以發現老一輩作家呈現的心象和新世代有相當差異。前者大多扮演著承受接納父親既定形象的女性角色，而後者有時出現對父親的索求與質疑。

在父權社會中，家庭是男性社會的縮影，父親是一家之主，有絕對的權威，女性歸屬於男性，扮演著服從者、贊助者、支持者的角色。最完滿的是女兒衷心敬佩老父，以他的光榮為光榮，以社會給他的榮耀為榮耀。例如曹又方在〈父親七十歲〉❶中格外慶幸擁有自己的父親，他的父親亦是受到社會衆人的讚美佩服。作者的價值觀與社會一致，乃形成完滿的共識。如果中間有了差距，則明顯看出女兒接受父權體制後的讓步。例如林海音的〈爸爸的花兒落了〉❷文中的女兒在小學一年級時因賴床而被父親施以嚴厲的夏楚之罰，使得女兒從此每天都做了「等著校工開大鐵柵校門的學生。」這位女兒基本上完全接受父親的權威地位及打罵教育，一次教訓，不僅使她幡然改過，且日後她很依賴父親，小學畢業典禮要上臺致謝詞時盼望父親在場才不會膽怯，她在父親如此的調教下成長為一位獨立的小大人。

老一輩女作家接受「父親」為一傳統的嚴父，甚且認為他理當是這種模式，父親可以管教妻子兒女，如果他竟然父兼母職，偶而或時常照顧子女，則會得到女兒格外的感恩。畢璞在〈父恩難忘〉❸中敍述的父親，為了家計時常外出做事。可是，只要他在家的日子，「眞是我們孩子們最快樂的日子」，「在那個時代，一般的父親都還是道貌岸然，高高在上；但我的父親卻不一樣。他常常和我們下象棋、玩跳棋，嘴裏還一面哼著歌。他玩得十分認眞，贏了哈哈大笑，輸了就鬧著要再來一盤……」這樣有親和力的父親，女兒認爲：「現在想起來，他眞可以說得上是那個時代最隨和最開明的父親」。這樣一位父親，也經常父兼母職，買點心、接孩子、做家事，種種愛心，並不防礙他原是「學的是商，學成後從的是政」，這種父親，應是所有女兒冀望擁有的吧。

父親是女兒生命中第一個認識的男性，成長中她逐漸在父母身上認知男女之別、在父親身上逐漸理解男性的特徵。因此父親的總體印象也大爲影響日後女兒對男性的看法。比方說，在寡情父親的身教下成長，女兒容易過度保護自己、不能放懷愛人。父親如果移愛於外室，冷落糟糠，女兒容易對男性缺乏信心，在鍾梅音〈父親的悲哀〉❹中，父親娶了外室，母親哀痛欲絕，女兒則「不但痛恨父親，並且痛恨世上所有的男人」。但是，老一輩女作家仍然接受父親的家庭地位及他應得的敬愛，所以本篇結尾仍然回到對父親的歉疚與懊悔。

新世代女作家在父權社會下的反應和老一輩不同，較柔順的是屈從，其次是抗議、反

---

❶ 見《情懷》，大地出版社，一九八四年版。
❷ 見《城南舊事》，純文學出版社，一九八一年版。
❸ 見《畢璞散文集》，道聲出版社，一九七八年版。
❹ 見《冷泉心影》，重光文藝出版社，一九七一年版。

叛。試以琦君和三毛做比較。琦君的〈父親〉❺中敍及父親一心要把她培植成才女，要她從初一時開始學鋼琴，不惜每學期花費十二塊銀元要她接受個別教學，可惜她全無興趣，每學期開始都苦苦哀求父親允許她免學，「父親總是搖頭不答應」。勉強拖到高二下學期，美國鋼琴教師都認爲有放棄的必要，才勸退父親的意志。「一根絃足足繃了五年……父親當然很生氣，可是我卻好輕鬆、好痛快……直到今天……因爲我不能隨父親心願(學好琴)，實在太對不起他老人家了。」這個事件，分明是父親偏執，不知適才而敎，可是女兒不但沒有絲毫怨尤，還反過來向父親「道歉」。

三毛〈孤獨的長跑者〉❻中的父親期望四名子女中至少有一名成爲運動家，一名成爲藝術家。家中從小鋼琴老師、美術老師就不曾間斷過，可是家裏並沒有出現一位藝術家。其中大姐從小心甘情願接受音樂敎育，日後成爲一名鋼琴老師，並沒有達成父親的期許。其他三名子女在小時候也被迫學音樂，父親下班後無論多累都會在一旁打拍子。三個孩子則是千催萬請才肯上琴凳，並總是拉長了臉給父親看，下琴時則歡呼大叫，「我們當年最大的挫折和悲傷就是彈琴」，她不但寫出了父親的「霸權」，也寫出女兒的反彈，三毛指出父親的偏執和父愛造成的傷害。同樣面對父親的偏執，琦君一意逆來順受，只注意到父親對她的失望而感到自己不能順意而愧疚不已。

在父權無形的宰制下，女作家處理父親的題材，便不自覺會經過此一濾網的過濾，可是，散文又是一種最難隱藏眞我的文類。在作家有意識或無意識的隱飾中，讀者亦復可以在其隱飾的部分看出欲蓋彌彰的部分。

例如女作家刻意敍寫父親疼愛子女的時候，時常反映出中國父親和女兒間的隔閡。當女作家描寫母親時，總能充分掌握她生活的細節。可是若干女作家面對父親，則大多止於報告父親的生平大事，足見作者沒有機會親近父親、觀察父親，因此讀者也沒有機會看見他在做什麼事，尤其看不見他做「壞事」——卽令父親曾經做出令妻女傷痛的事，最終也會在作者筆下得到完滿的詮釋，仍是偉大可敬的父親。

張秀亞許多描寫父親的散文，都帶著憑悼之感，充滿子欲養而親不在的悲痛，可是，在父女血肉眞實的相處時刻，這位女兒又十分漫不經心，且有意躲閃父親，不跟父親說眞話，❼尤其在父親年老，想要兒女留在身邊時，女兒反而總是遠走高飛。事實的另一面可能是：女兒成長過程中和父親有相當的隔閡，潛意識裏對父親有著懼怕逃避等因子。

蕭傳文〈父親〉❽中敍述父親許多細心照顧女兒的行止，在衆多嚴父中，實屬慈愛和藹

❺見《桂花雨》，爾雅出版社，一九七六年版。
❻見《鬧學記》，皇冠出版社，一九九一年版。
❼見《牧羊女》，光啓出版社，一九五四年版。
❽見《鄉思集》，正中書局，一九六九年版。

者，文中有一段說：

> 父親從不高聲罵人，但家人見他來，本來談笑的都立刻停止。族中叔伯兄弟都尊敬父親，有糾紛都請父親調解……

父親令人「談笑皆止」的威嚴和他慈藹的形象其實不容易並存。琦君〈父親〉前段說「父親也從來沒有摸過我們的頭」，可是，在喪子返家的時候，父親「叫我靠在他懷裏，摸摸我的臉，我的辮子，把我的雙手緊緊捏在他手掌心裏……」，這種看似矛盾衝突的述敍，其實就是愛懼交織的最佳寫照。

琦君曾經在〈父親〉及〈永恆的思念〉❾兩篇文章中敍述父親兩位忠僕，他們在父親退休後仍捨不得離去，抗日戰爭時，其中一位忠僕護送主人全家避難後方，另一位則留守杭州主人舊宅。後來傳來杭州寓所被日軍焚燬，忠僕遇難，護主南遷的忠僕傷心同儕生死不明。這時，兩篇文章出現兩個「版本」，一個說，忠僕留書不告而走，私自奔回杭州找日軍報仇。另一個說，他在主人同意下扶病上路，小主人流淚相送。前者寫作於一九七六年（出版年）以前，後者寫於一九八七年。相隔至少十一年，在作者護守父親形象的潛意識中，不自覺將此一故事「重編」，留書出走的僕人，不如得到主人同意而後赴死，來得更能襯托出主人遺留的嚴明的「軍紀」。

作者在傳統的價值觀中，修補人物的形像原是一個不自覺的行爲。讀者仍可以在此中見出端倪。例如許多文章中的父親都是相當有地位的人物，或是地主、或是縣長、或是師長等等。他們在中國舊社會中，都是足以操持小市民生死的人物。可是，在作者筆下，他們時常成爲不應稱其地位的「弱者」形像。

例如王文漪〈父親〉❿中的父親是革命元老，歷任黨、軍、政高位。但不知何故早年退休，作者僅借別人之口說其「有赫赫之功，無赫赫之名」，作者說其「生性澹泊，不求聞達」。生性澹泊者和顯赫的政治生活閱歷相當難以並置。又如琦君的父親貴爲師長，掌握軍權，轉戰南北，有一日，忽然放下屠刀，退休禮佛，其轉變之彎度、速度都極大。其隱飾父親下野眞相的痕跡亦值得覉索。事實上，女作家面臨介紹自己的父親時，都有著尊重、或者美化父親的壓力，以致於寫不出父親的眞貌。

四

---

❾ 見《青燈有味似兒時》，九歌出版社，一九八九年版。

❿ 見《風廊》，水芙蓉出版社，一九七六年版。

女作家在生活上既和父親有距離，在精神上又有隔閡，面臨寫作時又有壓力，因此，其作品中大抵為抽象的愛著父親，因著倫理的牽繫而對父親有著雖遠實近、敬畏與孺慕交織的感情。在這種情形之下執筆描繪父親，父親的社會地位越高者，其文體貼近「行狀」體的現象越清晰。例如王文漪〈父親〉、歐陽子〈一封無法投遞的信〉[11]等。

〈父親〉首先介紹其名諱，接著歷歷敍述父親畢生從事革命的經歷；十四歲就讀陸軍小學，保送陸軍速成學校，後與先總統蔣公等同時考選赴日至振武學校，之後回國參加革命，歷任黃埔軍校教育長、江蘇省政府委員兼建設廳廳長等等諸多職務。最後逝世於成都，葬禮備極哀榮。

這是一篇記載人物事功的「行狀」體散文，以記載人物的重要事蹟為主，依序記事，再補充遺漏，並無華文藻飾，更少虛構想像。

〈一封無法投遞的信〉除了記錄對亡父的思念外，大多在回憶父親生前的行誼事蹟。介紹性非常強，敍述非常明晰，因此並不忌諱直接說明。本篇也屬於介紹多、描寫少的「行狀」體散文。

鍾梅音〈父親的悲哀〉是老一輩女作家中題材較為獨特者，文中的父親因娶細姨而不為女兒諒解甚且痛恨，並時常作梗以使老父傷心，女兒直到最後才愧悔莫名。文中父親的言行仍是多由女兒介紹出來，父親性格的特徵如「個性剛強、思慮縝密」等，都未曾以行動或語言來呈現，反而顯示父親性格的模糊，這是早期散文的普同現象。張秀亞在多篇散文中敍寫父親，但是讀者並不能歸納出乃父的具體形象。琦君、羅蘭等記載父親的事情較多，但也是以介紹爲主，讀者仍然難以掌握其人物個性。

徐鍾珮的〈父親〉⓬是極少數由人物性格決定其生命路線的散文。文中的父親優柔寡斷及母親剛強好勝的性格都由敍述行止時自然流露，且因了雙方男女易位的性格差異，造成父母一生都成爲不言不語的陌路。可是在文章最後，父親病危神志模糊時，峰迴路轉，母親對丈夫出奇的溫柔，證明兩人之間存在著深愛。本篇爲老一輩女作家少數能觸碰父母性格底層的散文。

新世代作家仍然在父權社會中成長，但是，形勢已然大爲不同。女兒可以議論父親，李昂〈固執的父親〉⓭不僅表彰父親的優點，也陳述他性格的弱點，實際上是在掌握他生命的特色，因而並不特別在意父親的社會價值。新世代的女兒既對父親有所需求：例如要求父親付出更多的關懷，另方面卻不願因愛而被父親涉入、干預自己的生活，她們要更多的自由。在創作上，她們很少有老一輩女作家的壓力，較能用原始親情的角度來觀知父親，因而散文

⓫ 見《生命的軌跡》，九歌出版社，一九八八年版。
⓬ 見《我在臺北及其他》，純文學出版社，一九八六年版。
⓭ 見《貓咪與情人》，時報文化出版公司，一九八七年版。

中發展出另一種父女關係。

簡媜〈漁夫〉⑭中的父親除了職業和老一輩女作家筆下的父親不同外，其他幾乎完全一樣：他是一位傳統的嚴父，卽使對女兒有溫情，也是埋藏在冰山底下。他如果是性情中人，但是在承受的文化敎養中，實不可能如女兒所認爲的「心細如絲」，曾注意到女兒將來會成爲寫作者、會喜歡黑豹石，因而把鋼筆等物早就送給她。尤其是，他是一位背負著沉重家累的家長，心中有許多掙脫不了的苦惱，要靠酗酒來消愁，終究做了一位纏困在現實環境中的「漁販」。可是，女兒對父親的索求不但要他愛她，還希望他像屈原筆下那行吟澤畔，有德行、有操守、有學養的「漁夫」。女兒接受命定的安排，以他爲父，她旣怕父親，又想親近他，替中國父權社會中的女兒說出長久不敢說出的話。父親不幸在她十三歲時逝世，她乃在日後的人間及心中不斷尋找父親並補綴其形象，使之漸漸成爲「漁夫」，這個心中的「父親」終於成爲她生命的最愛。就這一點而言，簡媜和老一輩女作家單純接受父親的原型大不相同。

由於父親重男輕女，她是頭一胎，竟然是個女兒，致使父親失望，往後對她的存在視若無睹。這時女兒表現出無比強勁的生命力，她要和父親做長期的競爭，事事不輸男孩，甚至在稻場上刈稻的速度也要賽過父親，她從小被訓練成要服從父親——但她的本質卻是不服。如此一場象徵性極強的事件，說明新世代女作家向男權挑戰的雄心，顯現出女性高昂的生命力。

三毛散文中父女的接觸顯然比其他女作家文中的父女關係來得更密切。她文章中女兒的成長幾乎和父親的教育息息相關。因此她從小就感受到父愛的壓力，既需要父愛，又拒絕被愛得不自由，成爲她一生極大的心理糾葛。

在〈愛和信任〉⑮中，三毛明白說出：「中國的孩子，在倫理的包袱下，往往擔得太認眞和順服，沒有改革家庭的勇氣和明智。」

跟簡媜一樣，三毛也要和父親競爭，她們競爭的理由都是來自父親對女兒的「輕視」。前者緣於父親重男輕女，先天無法改變的事實，導致女兒要和男性——尤其是父親——爭長短，非得到父親的肯定不可。三毛文章中的女兒則是：雖然父親百分之百愛她，可是父親的愛乃是基於血親之必然。她無法滿足，她要的是：女兒本身有可貴之處而值得父親愛她，乃至敬她。

〈一生的戰役〉⑯，一文中的父親很滿意女兒的一篇文章，留言給她說：「我讀後深爲感動，深爲有這樣一枝小草而驕傲……」，這句話肯定了女兒在家庭中的地位，消除她一輩

⑭ 見《只緣身在此山中》，洪範書店，一九八六年版。
⑮ 見《傾城》，皇冠出版社，一九九一年版。
⑯ 見《送你一匹馬》，皇冠出版社，一九八八年版。

子消除不掉的自卑和心虛，使她激動欲死。女兒認爲從小到大一直讓父親失望，被視爲罪人、不孝、叛逆，她在父親不斷的失望中長大，「對我來說，一生的悲哀，並不是要賺得全世界，而是要請你欣賞我」如今，終於得到父親的肯定——這封看似肯定的信中，又以「小草」很弔詭的流露父親對女兒地位的折扣——生的戰役已經打完，就失去繼續活下去的意義。女兒固執地追尋她所定義的「父愛」，並在心靈中不斷辯證父愛的品質，其悲劇性在衝突中很是凸顯出來。

三毛的〈孤獨的長跑者〉含蓄地透視父親在人生路上孤獨的長跑。父親原來就爲四名子女畫好生命的跑道，有的照他的路線走，跑出似是而非的結果——例如大姐成爲鋼琴教師——，並沒有達成他的期望，他乃寄望在更下一代身上。但是，孫子孫女亦無法如他所願，使他終究成爲一名孤獨的長跑者。父親的孤獨來自他的偏執，女兒在幼小時被強迫學琴，成爲她「當年最大的挫折和悲傷」，這種偏執，實亦可回頭印證〈一生的戰役〉中老父一直無法首肯女兒價值觀的原因。

朱天文〈攜手同行〉⑰中的父女關係甚爲融洽，父親成爲女兒的朋友，實是人倫關係的和諧化。頗耐翫味的是：本篇文章中父女可以「攜手同行」的重要原因，是父親給予女兒們充分的自由，他從來不曾「要我們怎樣怎樣」，女兒們竟都不自覺地步趨老父的後塵從事筆耕。在不自覺的「順」中也完成了中國人強調的「肖」。

我們發現，散文中呈現的父女關係上，從老一輩女兒對父親形象無條件的接受到新世代的主動索求，證明女兒們因時代的不同而逐漸要求父親由表相回歸爲具有人性的眞我。面對父親的眞我，父女在游刃有餘的自由空間中，最能發展正常和諧的人倫關係。同時，作家也要在充分自由的心靈空間才能發揮創作才華。因此在壓力越少的情況下，越有機會成就散文的藝術性。

創作的心靈自由是指作家可以毫無心理阻礙地面對創作題材，即使像簡媜文章中女兒有相當程度的戀父情結、三毛文章中父親對女兒是愛還是恨的辯證，作者都能誠意面對、坦然書寫，使得文章能直探人心深處，質地厚實。

臺北・〈現代詩散文研討會〉宣讀論文

---

⑰ 見《與愛同行》，號角出版社，一九八四年版。

新新聞與現代散文的交軌

一、報導（告）文學

報導必須透過新聞媒體才能達到傳播目的，在清咸豐八年（西元一八五八年）我國第一張中文報紙《中外新報》在香港創刊，由伍廷芳和英人合辦。同治十一年（西元一八七二年），史良才和英商在上海創辦《申報》，中國報業才慢慢成長起來。❶

西方新聞學（Journalism）在二十世紀後也逐漸發達，它引導了新聞的寫作。新聞學本身並不是一種很獨立的學科，它必須與其他社會科學產生密切的關係。換言之，新聞學必須依賴其他社會科學的支持，因爲它所報導的內容，主要是社會各種現象，而不是新聞學本身。所以，一位記者時常需要用到各種社會科學的知識來幫助他深入報導以及評論分析，跟

❶ 以上參見荆溪人〈泛論報導文學〉，收入《現實的探索》，陳銘磻編，東大圖書公司，一九八〇年四月初版。

新聞學關係最密切的是政治學、經濟學、社會學及法律等。但是，新聞學與文學之間是否能透過交流、整合而產生新的、介於文學與報導之間的作品呢？一般而言，所謂報導，心須是客觀、理性、以眞實爲基礎，而文學卻可以主觀、抒情、可以發揮廣大的想像空間。基本上文學是以虛構爲主，尤其是小說。卽使多係從個人出發的散文，其本身語言的特性仍然充滿了非寫實，它可以把作者充沛的感情灌輸進文章中；但報導不然，它必須建立在事實的基礎上，尤其新聞寫作的標準要文字力求精確與客觀。如此看來，一般人必然會認爲報導與文學是兩個互不相涉的領域，因此，一方面作家如何把報導語言介入文學作品裏；另方面，新聞記者，又如何把文學意境化入新聞寫作中，似乎是個兩難命題。但是，現代文學史上，已經產生了整合新聞及文學的科際文體，那就是報導文學(Reportage)。

二、深入報導的觀念及理論

新聞寫作有一個原則就叫客觀報導。它要求新聞記者必須是個忠實的記錄者，把個人主觀的成分完全排除於文字之外；他最重要的責任是嚴整的陳述事實，不但在用語遣詞上要求精準，且絕不能涉及主觀感性的層次，以免事實遭受扭曲。不過在二次大戰以後，新聞界已突破了「客觀報導」的框架，進入「解釋報導」的時代。蓋洛普說「新聞中應該包括更多的背景說明與更多的解釋，是言之有理的」。有關解釋報導的內涵，美國《基督教箴言報》的莊蒙德有過很好的說明：「解釋報導就是昨天的事實與今天的事件連繫起來，產生明天的意義」，經過這個理論，解釋報導可以引用背景資料、細述前因後果；也可以用相同的事件觸類旁通，其主觀加大、其感性增多。也因此，文學的功能得到初步運轉的可能。❷

在客觀報導之後，新聞學又開闢了一種深入報導的觀念及理論。所謂深入報導，是要求新聞從事者在執筆同時應考慮到讀者所關心的是那些事，因此啓發新聞記者研究的精神，培養他們新觀念，以及從多角度觀察事物的能力。在深入報導之後，又產生調查報導，乃是更深入的調查，不但採訪且發掘問題、解決問題，有著強烈的攻擊性與偵察性，使得新聞記者的工作幾乎與情報員相似。最後，又有人認爲新聞寫作理論不能被「客觀報導」的原則所左右，於是出現了「新新聞學」，新聞學開始向文學取材。至此，新聞界已在理論上掌握了報導文學的要求。

在我國，辛亥革命前後，有位《申報》駐北京記者黃遠庸，寫了一連串政治通訊，他的政治通訊：「看看是淡淡著墨，其實是大筋大絡，最要緊的，也可說因小見大。有時他實在

❷ 參見高信疆〈永恆與博大——報導文學的歷史線索〉，《現實的探索》。

爲政治環境所拘限，無從著筆，他就旁敲側擊，寫閒常瑣事，反而可以了解內情。」❸從黃遠庸的〈政界內形記〉便可看出，該文已深具西方二次大戰後發展出來的調查報導與深入報導的氣息，顯見我們的新聞從業人員，在民國初年已突破了客觀報導的原則。黃遠庸之後，傑出的新聞從業人員還有劉禹生、徐彬彬以及陶菊隱等，但他們只是在報上寫專欄，並未考慮報導文學的觀念。報導文學第一次正式出現是在一九三〇年，名爲「報告文學」；當時也出現了「勞動通訊」的名詞，乃起源於蘇聯，強調利用勞動農民通訊的製作過程中，要產生出勞動者和勞動作家的預備隊。它與報告文學基本上並不相同。勞動通訊「只是工廠新聞或農村新聞製稿的主要的一種，而報告文學卻是純然的文學」。報告文學是從"Reportage"翻譯而來，而 Reportage 是從 Report（報告）一字衍生出的新名詞。❹可見報告文學名詞的出現就與報導有密切關係，可算是文學與新聞學的整合。當時所謂的報告文學，袁殊說：

> 報告文學，如其名所示的是把靈心安置在事實的報告上；但不如照像寫真樣的，機械的攝寫事實，它必須具備著一定目的與傾向的，然後把事象通過印象加以批判的寫出。這目的，是社會主義的目的。❺

袁氏把它歸入「社會主義的月的」，而其實，它的背後還包含著政治的意義。但是在今天，我們從文學的角度來看，不必把政治意義放進去。報告文學的出發，本身乃是從新聞寫作的觀點；並不止於照像寫眞式的記錄，還要有文學性。要如何加入文學呢？三〇、四〇年代的理論家們也提出許多觀點，例如胡風認爲要從平舖直敍中掙脫出來，不允許浪費、不容許囉嗦，從繁雜的現象中間抓出那特殊的一點，通過那在你心裏所引起的印象、所引起的感動，把它抒寫出來。❻

報告文學可以修正新聞報導的時效性。它希望透過文學，使作品不僅存在於短暫的新聞中，也具有不因時間流逝而喪失藝術性的永恆價值。因此，他們本身雖然採用新聞寫作的方式，但仍強調選擇、剪裁，尤其強調文藝的手法。周行〈新形式——報告文學的問題〉中說：

❸ 以上見曹聚仁編撰《現代中國報告文學選・甲編》，臺灣翻印本，未著出版年月。
❹ 以上見袁殊〈報告文學論〉，收入《中國現代散文理論》，俞元桂編，廣西人民出版社，一九八四年五月初版。
❺ 同上註。
❻ 參見胡風〈論戰爭期的一個戰鬥的文藝形式〉，《中國現代散文理論》。

……怎樣把選定的材料生動逼真地報告出來，則也需要以文藝的（形象化的）手法去寫作。不如此，則寫作結果依然只是一篇紀事新聞，而不是一篇感動人的報告文學作品。由此可見，報告文學不僅要正確地記錄，報告事實，而且還要文藝地去報告它。正是在這樣的意義上，卽就一篇成功的報告文學作品所具有的作用來考察，我說「它一樣具有使人從特殊看出一般，從個別看到全體的本領。」然而，問題的解答決不能終止於此。我們還必須指出：報告文學也有別於一般所謂純文藝作品的地方，雖然兩者並不根本對立。儘管它一樣要文藝的去寫作，但它的最中心的任務還是在於正確而迅速地報告事實。❼

周鋼鳴在〈報告文學者的任務〉中則認爲：

同時報告文學者，還要把每一事變的環境、關係、特徵，分析得清清楚楚，因此他們所憑藉的，不是一般作家的憑藉經驗豐富的想像，與藉形象的思維來創造典型。他的藝術任務，是要依訴於事實渲染和分析了。同時他不能等待事變以後若干時候才去寫，他立刻要把這些事件用報告表現出來，他若是失掉了這種敏捷的機能性，他就忽視一個報告文學者的主要任務了。❽

從周行引文，可見報告文學在三、四〇年代誕生時，就已要求要深入報導、甚至調查報導的寫作方式，要有強烈的分析能力，且其本身的寫作又強調時效性，要立刻報導出來。從這幾點可以看出，當時的報告文學者已具有許多新聞寫作者的觀念。周行說以文藝的手法來寫作，又含有濃厚的文學訴求。

三、報導（告）文學的本質與發展

羅蓀引述加博爾〈報告文學的本質與發展〉論文中的幾項，可作三、四〇年代報告文學者所奉行的規則：

（一）它必須反映現實中的事實。個別的生活現象，個別的社會事件，個別的戰鬥行動……非常迅速的，具體的報導給讀者大衆，這裏不准許對於事實加以粉飾和歪曲，不准許有虛描的事件和人物。在報告文學中所反映的人物和事件，都是在現實社會中

❼ 見《中國現代散文理論》。
❽ 見同上註。

真實存在的。

（二）它必須是從繁複多變的事象中抉擇最具體的，最為大眾關心的，而且是與現實社會整個發展相關聯的，洋溢著戰鬥精神的這些事實。

（三）它必須具備著批判現實的精神。它不但是發揚英勇的戰鬥的現實事件，而且要觸到現實的底裏，對於腐爛潰壞的舊勢力暴露出來，加以嚴重的一擊。

（四）它必須具備著熱烈的感染性。由於作者的豐富的社會感情的傳染，使讀者和作品一同喜怒，一同哀樂。其能激起讀者的同情，才能發揮了報告文學的暴露的、煽動的目的。

（五）它必須具備正確的政治認識，才能把握每個個別事件與現實社會整個發展中的關聯，才能夠正確的表現每個個別事件的中心意識。

（六）它必須是結合著新聞性與藝術性的統一物。 報告文學是依據事實作迅速的報導，它本身就是新聞性，但更為主要的是報告文學並不等於新聞記事，因為報告文學是用具體的形象表現事實，新聞記事只用概念敘述事實。所以報告文學一定要有藝術的表現手法，把事件的發展導入具體的形象描寫中加以反映，也正是說「在偉大的報告作品的場合，它的目的不僅僅是在於再現一時的現實，而是在於造出一個那一瞬間的世界的形象。❾

就這幾點來看，可知當時的報告文學已具有科際整合的意義。報告文學的出現，原與抗日戰爭息息相關。以羣在〈抗戰以來的報告文學代序〉中說：

報告文學是中國新文學當中的一個最年輕的兄弟，它底產生和發達，永遠和中國民衆的反日運動，抗日鬥爭密切地結合著。它是從民衆反日抗日運動底土壤上產生，吮吸著抗日鬥爭底乳漿而成長起來的。⑩

在抗戰的大背景下，社會及戰爭都需要直接的表達方式，以傳達其反日的愛國思想及情操。茅盾在〈關於報告文學〉⑪中認爲雜文和速寫都是變動得很快的社會中文化鬥爭的利器，而後起的報告文學更具有這種作用。

中國早期報告文學的理論、觀念、特質如上述，但是它眞正的範疇，並無確切的定論，

⑨ 見羅氏〈談報告文學〉，《中國現代散文理論》。

⑩ 見《戰鬥的素繪》，陽明書局，一九八二年四月出版。按：以羣認爲「在一九三一年底『九一八』以前，中國還沒有報告文學。那時，即或有少數類似報告文學的作品也未被稱爲報告文學。因爲當時的『報告文學』這一個名辭還未被確立起來……」。

⑪ 見《中國現代散文理論》。

例如通訊乃是報告文學的來源之一。上引茅盾文中又說：

「報告文學」在中國的「標本」，據「審定」，並不多；而「衆所周知」者，則是〈包身工〉。我還沒有專門研究過「報告文學」，可是我讀過若干「來路貨」的「報告文學」，覺得他們的形式範圍頗為寬濶；長十萬字左右，簡直跟「小說」同其形式的，也被稱為「報告文學」，日記，印象記，書簡體，sketch——等等形式的短篇，也是。我覺得這一新分的部門大概不以體式為界，而以性質為主，因而我對於有些「批評家」之審定的〈包身工〉為標本曾表示了懷疑；我以為不應該用「標本」的說法來暗示青年作家，使擠上一條「只此乃是官道」的狹路。

我們知道，報告文學的來源廣泛，它在體裁上也可以有很多變化，但基本上必須是新聞寫作與文學寫作的結合；它會產生各種面貌，包括上述日記、印象記、書簡體、速寫等等都可能轉化成報告文學的形式。此外，報告文學本身也可以用遊記、甚至部分傳記的形式出現，報告文學發展之多元化乃是必然的趨勢。

一九三二年阿英編的《上海事變與報告文學》及《文藝新聞》編的《上海的烽火》，主要都是戰場上的實況記錄，實是用文學的手法處理新聞報導。但是像阿英一九三二年的《灰色之家》寫他自己在獄中經歷，若歸諸報導文學，則不無可議之處。蓋該文僅從個人的觀察角度，並未做廣泛訪問與調查，其本身回憶錄的性質較大，不算是純粹的報導文學，因爲他在調查的層面及觀物角度各方面都還不夠精確與客觀。

一九三六年是報導文學的豐收季，例如夏衍的〈包身工〉，被公認是相當成功的報告文學。其他如茅盾主編的集體創作《中國的一日》，是收集許多通訊稿件整理而成。

一九三七年范長江寫了《中國的西北角》、《塞上行》等作品，⓬范氏此作與遊記形式結合。他仔細報導中國西北的社會實況，其報告文學的意味遠重於遊記。因爲他不只是記敘山水，其目的乃在考查中國西北政治社會的各種實況。一九三八年以後，有大量關於戰地的實錄出現，例如周立波《戰地日記》是用日記形式來報導，劉白羽《游擊中間》、梅益等編的《上海的一日》等等，迄一九四八年，一直出版不輟。

四、報導（告）文學的缺陷

三、四〇年代的報告文學，到了臺灣，在六〇年代已易名爲報導文學。一九六六年，國

⓬ 以上二書皆由上海《大公報館》出版。

軍文藝金像獎設立報導文學獎，一九七六年《中國時報》設立報導文學獎，其他如《臺灣時報》副刊、《戶外生活》雜誌、《綜合》月刊等等，許多傳播媒體的推動，形成臺灣報導文學的興盛期。在一九八〇年，就有十部報導文學專書出版。

在表面上看，新聞學和文學之間的科際整合似乎正在蓬勃發展。但是，其間也產生不少問題，三、四〇年代羅蓀〈談報告文學〉已提出當時報告文學的缺陷：

第一：對於現實事件的認識不夠，分析力和理解力都還不夠充分，因而不能夠表現所報告的事件之間的矛盾的因果。

第二：由於上述的第一個原因，以致於作者單純的報告了一些特殊的偶然的事件，卻不能使讀者從這些特殊的偶然事件中找出它的一般性與必然性的關係。

第三：認為一切現象是可以作為報告的素材，於是不加選擇的把任何事件都「客觀」的報告出來了，這結果頂多是要做原料堆棧，卻不是報告文學。⑬

五、報導與文學寫作的分立性

臺灣的報導文學在本身類型的檢討中，也產生了一個很重要的問題：報導與文學寫作的分立性。這是三、四〇年代的理論家及創作者從來沒有意識到的。在臺灣被提出來，是因爲對新聞寫作更進一步的研究以及文學理論的發達而產生科際整合的一個難題。李明水在一九八二年文藝季「報導文學座談會」中就提到「報導」與「文學」寫作的分立性，並舉出張系國的話：「『報導』應該是客觀的原則，『文學』則是主觀的見解」。基本上，科際整合就是要調和二者間的關係，但是文學與報導在本質上是否可以結合，確實是一大問題。而很多報導文學的先驅，對於「文學」及「報導」二者都缺乏深刻正確的認知，因此三、四〇年代的許多作者，對於現實世界的把握還不夠充分，剪裁不很適宜、資料處理不甚妥當。這些問題，在七〇年代並未得到解決。李明水說：

吾人應知，文字寫作，依功能來分，約略可分為「文學寫作」、「廣告文案寫作」（廣播與電視講稿原則上不屬文字寫作）。甚至由於傳播科技之發展，在歐美等先進國家，已普遍出現「電子畫面新聞」（elec-tronic photo Journalism）的「文字寫作」。僅以「文學」和「新聞」兩類的寫作方式來說，有極大不同，最起碼兩者在「主觀、虛構」及「客觀、非虛構」要素，互易或互扯是要不得的。

⓭ 見《中國現代散文理論》。

文學與報導之間在本質上的不同，李明水提出代表性的觀念，他認爲主觀虛構與客觀非虛構之間的要素無法互相牽扯。他又舉出一九八一年四月公佈的普立茲新聞獎，後來因爲發現《華盛頓郵報》記者珍尼特·庫克小姐（Janet Kocks）虛構〈吉米的世界〉（Jimmy's World）獲獎而被取消，造成所謂的「普立茲愚弄事件」。另外一九七八年，因國內某報副刊登載朱桂先生的〈南海血書〉，也引發海內外巨大言論波濤。依朱桂說法，該文爲「虛構故事」卻被誤認爲是報導文學。因它本身缺乏事實依據，而產生重大疑案，爭訟不休，最後報刊不得不承認它爲一虛構故事，⑭但卻成爲傳誦一時的宣傳品，因爲大家都把它當做一個眞實的事例。

在該次座談中，楊月蓀針對高信疆等人的新聞學提出強烈的質疑：

> 五、六年前，美國新聞界曾曇花一現式地興起了一陣所謂「新新聞寫作」（New journalistic Writing）的風氣。說穿了，也就是以虛構、故事體的寫作技巧來作新聞報導；目的自然不外使報導生動、多彩以吸引讀者閱讀時的注意力。然而，終因這種新聞寫作方式適用的範圍有限，而且一般報章雜誌的篇幅有限，作業的時間也匆促，「新新聞寫作」也就並未普遍地發展起來。（四六八頁）

他舉出很多實例說明「新新聞寫作」的方式也許適合多類報導文學的採用，卻不一定適合一般性的新聞寫作，楊氏又說：

> 近年來，報導文學在美國現代文學領域中爭取到相當重要的地位，美國文壇巨匠諾曼・梅勒（Norman Mailer）、楚曼・卡波第（Truman Capote）與高爾・維達（Gore Vidal）等人的「非虛構小說體」的鉅作，均曾風行一時。越戰與水門事件之後，許多美國新聞記者撰寫的報導文學作品，幾乎每年都有打入全美暢銷書列「非虛構體」金榜的例子。最近轟動一時的《紐約時報》前駐北平記者包德甫先生的《苦海餘生》就是一個典型的例子。（四六九頁）

楊氏認爲報導文學的基本條件是：

> 首重內容與一般大衆的興趣相關，報導真實、客觀、富解釋性，且能提供讀者啓發性的資訊，其次才是文章組織與結構的嚴謹，以及文學技巧的流暢、生動；最後講求令

⑭ 以上見《文藝座談實錄》，行政院文化建設委員會編印，一九八三年二月初版。

人欣賞與回味的文學境界。（四七一頁）

回顧國內的報導文學作者們，在文學理論上確實缺乏具體的概念。大致上都偏重於感性的、抽象的、譬喻的描寫，很少人能具體掌握報導與文學眞正結合的原因。往往是在嘗試錯誤中摸索走下去，而社會大衆對報導文學更不甚了了，因此我們實在應該對報導與文學的問題做較嚴肅的檢討。

臺灣報導文學的主要提倡者高信疆說過，在理論層面上，因爲臺灣的報導文學「不但沒有它足可依恃的理論，也缺乏相關的方法的研究。而史學研究法、人類學的田野調查……都可以補充它的不足並有所發揮」，⑮高氏不但體會到報導文學目前的缺憾，也提出以科際整合的方式來補救報導文學之不足。

六、報導與文論的整合問題

在報導與文學二者的整合問題中，語言是一個較少注意，但卻是相當重要的問題。到底報導語言要求精準、客觀、確實，與文學語言之訴求抒情、鋪張、想像等，該如何適度調和？高信疆推崇法國文學家羅蘭・巴特曾寫過一部名著《零度作品》，其中極力提倡一種

「中性」的、「據實報導」的，像玻璃一樣明淨無塵的寫作態度；他所謂的「零度」就是指作家的語氣要用「陳述語氣」，不應該用「虛擬語氣」或「祈使語氣」，高氏認爲巴特的文學理想也多少走向了「報導文學式」的途徑。⑯這正代表高氏對報導語言的看法。

林燿德在〈臺灣報導文學的成長與危機〉⑰中認爲：

> 從五四迄今，凡是文獻上曾被評論者納入報導文學統轄下的作品，都可自其情節結構中分割出報導概念和文學概念兩組情節，也可自語言結構的角度分離出報導語言和文學語言，因而我們也可將所有報導文學作品依報導與文學之間的比重還原為兩個型態：①夾雜報導的文學②夾雜文學的報導。如果所有的報導文學皆可還原至新聞寫作或文學創作的範疇中，報導文學便無法在任何一方中確立其獨特的地位，這種本質上的矛盾無法僅僅通過時間的遞嬗而淡化……

林氏與前舉李明水兩人角度恰好相反，林氏爲還原說，他承認報導文學此一文類，但卻

⑮ 見同上註。

⑯ 以上見同上註。

⑰ 見《文訊》月刊第二十九期，一九八七年四月。

把報導文學的內在結構拆散，文學還原爲文學、報導還原爲新聞學，實質上，報導文學仍欠缺地位；李氏則持分立說，認爲文學與新聞學二者在寫作上各有其不可侵犯性，不能結合，根本上否定了報導文學。李氏代表新聞學的看法，林氏則代表文學的觀念，如果各自堅持己念，則新的文體便很難發展。報導文學已是既存的事實，我們就應該突破文類觀念的束縛，讓報導文學有新生、蛻變、成長的機會，則科際整合才會有意義。

七、從語言角度破除文學與報導分立的問題

文學與報導分立的問題，應該先從語言上破除。我們首先要確立報導文學在科際整合過程中，如何把文學語言用妥善的方式結合。報導文學跟一般散文不同，是在語言上的特性。它並不是一般人想像的，以新聞寫作的題材，而用充滿感性的文學語言來描寫，這只不過是用文學包裝的新聞報導而已。我們應該考慮的是：報導文學的語言必然要客觀、精準，它本身必須以眞實爲基礎，此爲其充分必要條件。文學語言，絕非就是感性甚或濫情的語言，目前我們幾乎找不出文學與報導語言都很平衡穩當的作品。但是在小說創作上，卻能屢見報導語言運用得極爲成功的例子。這是相當令人驚訝的事。也就是說，新聞寫作很難把文學吸收進去，而純粹虛構的文學，卻經常能利用新聞語言做其營養。可見要調和報導與文學，應該

在新聞寫作上加強。因爲新聞寫作本身已具危險性與虛誕性，它是否能純客觀呢？當同一重大事件發生時，我們發現每一家報紙報導的內容都有出入，因爲新聞記者進入現場的能力、觀物的角度、蒐集資料以及保持純客觀的能力都不等，綜合起來，並不能掌握眞實。再退一步言，卽使掌握住眞實資料，其剪裁與銜接又是一大難題。因爲搜集的任何資料都具眞實性，但若處理關鍵地方——例如隱藏重要證據，便容易產生誤導。這種現象，在有關自然生態保護、環境污染方面的報導文學最常出現。報導者提出一項數據資料，它往往不是唯一的資料，因爲同一個污染事件，往往會有不同的機構去做檢驗，因檢驗的標準不同，就產生不同的結果。報導者若選擇於他報導目的有利的資料做爲佐證，其他隱而不提，便會產生嚴重的偏差。報導者僅以平實客觀的外表引用強烈的證據，而其目的卻在文學與報導之外，這實是新聞報導已存在的危機，而報導文學要站在新聞學上更進一步做文學工作，其危險性不言可喻。

尼洛對報導文學的質疑是另一角度的代表。⑱他認爲報導文學不應受限於意識形態，也不能僅發掘社會的黑暗面而已。在文藝座談中，他舉出范長江爲例。范氏寫了許多報告文學，使得「八路軍」成爲家喻戶曉，其形象也不是一般人所熟習的「打土豪、分田地」的

⑱ 尼洛所說見註⑭。

「紅軍」，這個創痛，使我們有長期無法磨滅的記憶。范長江確實有功於中共，最後卻死於政治的迫害。尼洛又舉劉賓雁爲例，在「四人幫」垮臺後，鄧小平復辟，大力鼓勵「報告文學」，劉賓雁就寫了《人妖之間》，也因此被哄抬起來，被稱爲「暴露文學」，他寫的「人妖之間」也是「眞人實事」，看得讀者對「文革」、「四人幫」咬牙切齒。但是鄧小平「揭批四人幫」的目的已達到，劉賓雁「文學爲政治服務」的目的也完成了，至於劉賓雁是否會走上范長江的老路，則「將來自有分曉」。在一九八七年——文藝座談之後的五年，劉賓雁被中共開除黨籍，也走上范長江的老路。另外，尼洛也認爲臺灣的報導文學有因辭害義，「爲賦新詞強說愁」等意識形態上的積弊，他認爲我們今天如果爲了「標榜報導文學而去『刻舟求劍』，求不到劍，而舟已成木，形成顚倒，會不會成爲吾人始料所不及呢？」

尼洛提出意識形態的偏差，是個很重要的觀念。報導文學絕不能被意識形態所誤導。它可以不必刻意規避社會的黑暗面，但也不能存心只挖掘黑暗面。一位報導文學家如果被政治或其他因素所利用，則不僅生命會遭到可悲的下場，其作品也將失去文學的價值。

八、結　論

今天，站在科際整合的立場，我們對報導文學的了解和認知，必須從基礎建立起報導文學的公準原則。文學與報導的分立絕非不能解決的事，若拘泥於強烈的文學類型牢籠中，就失去文類的彈性，也失去了日新又新的生機。我們應該調和報導文學的危機，發展新的方法論，才能整合溝通文學與新聞學間的橋樑。

首先，就作者或理論家而言，都應該對文學理論及新聞學理論有相當的熟悉。其次對報導文學的沿革及發展，都要有深入的了解，才能掌握報導文學的來龍去脈，才能理解這種文學類型的範疇。對實證的作品尤其要深入了解，才能發現在文學發展過程中，那些作者發生了那些問題，出現了那些錯誤，引爲借鑑。

報導文學是現代散文的新類型，它與感性散文一樣，都以眞實爲基礎。但一般感性散文個人色彩非常濃厚；報導文學雖然是散文特殊結構的類型，卻絕不能走入個人化、以自我爲中心的散文型態中，報導文學的作者必須一思一行，都要與事實——報導的客體密切相關；其論斷必須有具體、確鑿、全面化的證據，切忌妄加評論，尤其雜文式的評議更要避免。

報導文學在文學的結構上，要妥切剪裁，在報導語言中適當運用修辭技巧，但這些都不能傷害到事實的眞相本體；更重要的是，報導文學必須加入作者主觀的評斷，否則將淪爲客觀的新聞報導，然而這種主觀的評論本身必須非常制約而含蓄，不能動搖事實的本貌。總之要透過文學能力，把事件用適當的方式凸顯出來，如此，我們就能滿懷希望的期待著理想報導文學的誕生。

臺北·〈第一屆科際整合研討會〉宣讀論文

臺灣的現代散文研究

臺灣的散文創作量一直不亞於小說，但是有關散文的研究，四十年來一直都遠不如小說、詩。追究其原因，一則是現代散文在世界文壇一直缺少重要文類的地位，一則國內學院教育中，也一直沒有散文的專業課程及研究者，散文研究風氣不彰實爲必然。綜觀四十年來大致可得而言者如下：

一、缺乏長期體系性研究計畫與成果

臺灣的散文批評專書遲至六〇年代才出現，❶一九六六年五月季薇出版《散文研究》、

❶ 《中國近二十年文史哲論文分類索引》中收一九四八至六八年之論文目錄，其中五〇年代僅有三篇泛談三位作家散文的讀後感文。該目錄漏列資料約十二篇，參見陳信元〈臺灣地區現代散文研究概論〉，《文訊》月刊第三十二期，一九八七年十月。

一九六九年九月梅遜出版《散文欣賞》一集。一九七〇年邱燮友、方祖燊合撰《散文結構》，季薇在一九六九、一九七五年先後又出版《散文點線面》、《散文的藝術》二書。他們可說是臺灣早期散文研究的開拓者。數十年來，幾乎所有的批評或理論，都是由創作者提出，❷而編選散文選集、評審散文獎也大部分由創作者擔任，近二十年來臺灣學術界對當代文學的關切集中於詩和小說，對現代散文實是非常冷漠，因而呈現當代文學研究中的空白領域。❸

季薇是臺灣第一位用數十年精力投注在散文創作及理論的作家。❹他的三本書都是用後設散文❺來傳達理論，顯然承續早年蔣伯潛《章與句》❻等的撰寫方式：試圖用軟性的散文語言來傳達理論，其傳達的對象則設定在初入門的讀者。諸如此類，已先天註定其理論無意深入亦缺乏周沿企圖。其他曾經撰寫散文批評或理論者率皆散兵游勇，幾全爲作家、學者偶然提筆撰文，有些人斷斷續續寫了一些短篇見解，僅僅止於表達作者片斷看法，有些雖然見識精闢，很有機會成一家之言，但僅是偶一爲之，旋即輟筆，其見解未曾循序漸進，逐步發展爲一套完整的系統理論。例如齊邦媛、何寄澎等學院中人，幾十年來對於散文批評止於偶一爲之。又如梅遜的《散文欣賞》一、二集分別在一九六九、一九七〇年出版，雖然形式上是專書，但僅以導讀方式解讀十八篇散文。從這些實際批評中，可以看出他是有能力爲散文建立理論的人，可惜在此二書出版後，沒有後續工作，雖然他曾經發表一些眞知灼見，尚不能卓然成家。

四十年來，幾乎所有曾經寫過散文理論的學者作家，都對散文理論提出一些建設性的見解之後，又放棄後續工作、或者把精力放在其他文類上，臺灣散文研究的貧血症，最基本的根源在於評論者未能貫徹其治學興趣。上述梅遜在實際批評中舉出散文中的譬喻、象徵、設色、氣氛、意象、風格等諸多項目，都缺乏進一步的詮釋。又如余光中在七〇年代發表的散文理論就非常少，八〇年代則不寫散文的專論文章，僅在爲文集寫序時順道提示而已，究竟不能把他的創作思想及理論周全說淸。而楊牧的情形亦然，大多在他編選散文集的序言中透露一、二玄機而已。

---

❷所謂創作者，是指作者的寫作重點傾向於創作，或者作者有心兩面兼顧，但是，仍然擺脫不了創作者的諸種特色，而較傾向於扮演創作者。例如齊邦媛、何寄澎、黃慶萱爲較純粹的評論者，李豐楙雖然也創作，但論文中仍然保持評論者的特色。楊牧、余光中、游喚等人雖具學院身分，其評論中仍具有創作者的特色。又如周錦雖不曾創作，長期從事研究，其「論文」風格則充滿創作者的個人感性成分。

❸戲劇亦受到冷落，但在創作方面非常薄弱，質量皆無法和其他文類相較；而散文就量的觀點來看，一直是臺灣半世紀以來數量最大的創作文類，故其受到忽視的問題便較戲劇更爲明顯。

❹見《散文的藝術》第四頁，學生書局，一九七五年再版。

❺後設散文即是以散文的方式來論述散文。

❻《章與句》，世界書局，一九四〇年出版。

二、以創作指標或個人品味建立的文論

創作者出面談散文理論，大部分以個人的創作觀爲理論範疇的核心，大抵不能以宏觀的角度兼顧各種風格、流派及諸種技巧、形式。梅遜、季薇卽是。余光中、楊牧雖然都在學院教書，但仍然以個人創作指標或閱讀品味做爲批評理論的主導傾向，比較二人的散文觀就可理解。

余光中偏重散文的形式論，早在一九六三年就已發表兩篇談散文技巧的文章，[7]他許多重要觀點持續至今仍然保持下來。以余氏的理論建構出來的理想散文典型，其特色是：鮮明、動感、立體、富感覺性。他主張要創新字彙、靈活轉換詞性、設計新穎句型、注意節奏聲律、運用嶄新筆法、整合中外古今語言。諸如此類，其關注點顯然在文章的形式。

楊牧的散文觀和余光中在關鍵處有許多不同；他發表的散文論著雖然不多，每在編選散文選集時撰寫的序言經常靈光乍現。就論述的重點而言，楊牧重內塑，余光中重外塑，各有千秋。面對散文，楊牧注重作者的風格、思想與情懷，這並不表示他忽視散文的藝術性，他也認爲散文語言可多方吸收營養、創製生動有效的新字彙、新語法乃至吸納小說、詩、戲劇所慣於處理的體裁。但是在細節上，二者並不同，例如他也主張鍊字鍛句，但是，其目標乃

是文學的準確性——能表現作者的風格，其極致乃是「清潔簡單的文字」，而不像余光中所喜的濃烈繁縟風格。因而，爲他所推崇宗法的作家如：周作人、豐子愷、朱自清、許地山，都屬風格沖淡質樸者。同理，對於散文的色彩聲律、結構章法，兩人都有主觀的創作觀念，絕不相類。

余光中的散文理論不僅以技巧爲主，而且和其創作實踐互爲表裏，重視在語言修辭的詩化層次。不論撰文論辯或實際批評，他都把言談焦點集中在鍛字鍊句及聲音、形式造成的感覺。對於敍述整體的建立以及創作主體的精神面則非余光中技巧論的主要思慮所繫。

楊牧在選文時同樣明顯表現個人的偏嗜。他特別著意在散文中尋找風格篤定、關懷普遍的主題。同時，他是一位強烈的內容反矯情、形式反造作的編選者與評論者。因此，會呈現個人的偏嗜：

> 我讀琦君的散文，積有至少二十年的豐富經驗，一向對於她所特有獨具的深厚人情感到無限仰慕……這些年來我曾自許，不斷追蹤文學類型發展的脈絡軌跡，於每種文類中特別把握三五位作家，密切注意他們的文學和時代變化的關係，隨時觀察他們和新

❼ 見一九六三年五月《文星》第六十八期〈剪掉散文的辮子〉、一九六三年出版的《左手的繆思》後記。

起作家之間的異同。

表面上平淡明朗的文體，竟能含涵嚴密深廣的文學理想，小品散文家的功力修養，於此一端是最值得野心勃勃的詩人和小說家借鏡學習的了。❽

此段文字很能說明楊牧站在大局的立場宏觀現代散文的發展，同時，他也充分表現個人的嗜好品味。

余、楊二人偏嗜的風格不同，其建立的文論觀自然相異，大體而言余光中以詩法論散文，楊牧以主體精神和史的源流論散文。余光中喜歡散文充滿聲、色、味、音響等創新意象之美，偏於感官上濃烈的口味；楊牧則喜歡散文內容上的蘊藉淡雅。前者重「形」而後者重「神」。余氏喜歡文字大力雕琢，推崇鬼斧神功、驚人眼魄的製作。楊牧則反對踰越尺寸的藻飾，在他看來，一位作家鍛字鍊句的功夫下在最多的地方是刪芟枝葉，去蕪存菁，「往往是爲了減少詞藻美的壓力，追求清潔準確的文體」。❾余、楊二人的立足點基本就不同，就像作家對自我的訴求，余氏重才氣，楊氏重情懷。是以，我們甚至可以說：不同風格的創作者就建構出不同的散文觀，且大致以一己延伸而出的觀念爲思考模式的核心。❿

張秀亞是創作者中曾經明確提出嶄新散文觀念的一位，在一九七八年的〈創造散文的新風格〉⓫一文中，她指出「新的散文」的特色，並將之歸納爲五點：

（一）意識流結構：時間與空間、幻想與現實的流動錯綜性。在描寫方面，不只是按時間順序排列起來的貫串的事件，而更注重生活橫斷面的圖繪，心靈上深度的掘發，不只是敍述，不只是鋪陳，而更注重分剖再分剖。

（二）詩法運用：筆法曲折紆迴，內容的暗示性加強，曚矓度加深，文字更呈窅緲之緻，而逐漸與詩接近。……喜用象徵、想像、聯想、意象以及隱喩，因而極富於「言在此而意在彼」的味道，企圖重現人們內心中上演的啞劇映射出行爲後面的眞實，生活的精髓，並表現出比現實事物更完全、更微妙、更根本的現實。

（三）塑造新語彙：新的散文作家，皆致力於新的詞彙之創造……推敲它、鍛鍊它、伸展它，並試驗其韌性、張力、以及負荷、涵容的能力，並將一些字彙重新加以安排、組合，使它閃耀出新的光輝，有了新的生機。

（四）知性取向：新散文在內容上含蘊著作者對生命、對一切最正確的解釋，表現他們

❽ 見〈留予他年說夢痕〉，《文學的源流》，洪範書店，一九八四年版。
❾ 以上見楊牧〈文章的虛實〉，《交流道》，洪範書店，一九八五年初版。
❿ 有關余光中的散文理論請參見拙作〈余光中論〉，《現代散文縱橫論》，大安出版社，一九八六年版。
⓫ 見《人生小景》，水芙蓉出版社，一九八一年版。

確切的宇宙觀，健康的人生觀，固不以圖繪物象的表面爲滿足。新散文含有感情的因素，也含有「智性」的因素。

（五）感思閱讀法：對紆曲深邃的新散文，不僅用眼睛讀，更應利用想像力來捕捉閃爍於字裏行間的微光，以期發現其中含蘊的眞理，心靈的呼聲，全民族的合唱。

張秀亞之可貴，乃在她是臺灣第一代的創作者，創作觀如此恢宏，已極難能可貴，且她不是以理論建設爲職志，她所提出的散文理論，毋寧說是自己從創作中領悟出來的結論。大致上，張秀亞的理論仍偏向技巧論；她提出散文當向小說、詩等文類中汲取營養，小說中的意識流手法，詩的象徵筆法等，比余光中還明白地指出詩法對散文的功用。至於她認爲知性取向可建立作者的世界觀、宇宙觀，則是更具前瞻性的視野。

不過，張秀亞的理論弱點在於：她把第一人稱觀點的敍述方式等同於意識流，則窄視了意識流手法所能觸及的廣濶意識領域。另外，她強調正確的、健康的觀念，發抒全民族的合唱云云，呈現出意識形態的包袱仍然馱在背上，同時感思的印象式閱讀法，亦顯示她批評觀中較爲陳舊的部分。

三、理論與實際批評之差距

理論與實際批評間產生差距的情形，在許多理論家身上都可以看見，但是，作者的努力當是儘量使二者越來越合而爲一。就散文創作者組織出來的理論而言，容易形成作者自己的創作信念，較容易關照不周全。同時還常與自己的創作或者實際批評產生差距。

差距的存在確屬必然，任何一個評論家或創作者皆不可能分毫不差、屢試不爽地實踐「道文合一」的理想境界，但是如果理論與實踐的差距，嚴重到相背而馳的情勢，便是一種不得不予以指出的問題。揆其原因，該是創作者提出來的可能是想當然的「理想」，在實際批評時，又落入「直感」之中。

以梅遜而言，他一再反對作者「在詞藻及句法上用功夫」、「雕詞鏤句」等，他抱持朱自清「語文合一」的看法，謂「散文就是說話」，所以他批評余光中散文時就嫌其「太文」。評余光中散文開頭時他說：

散文是一種最自由的文體，山川河岳，鷄毛蒜皮你想到什麼，就寫什麼；愛怎麼寫，就怎麼寫。在結構上，它不像小說與戲劇要求的嚴格，也不像詩歌那樣需要鍊字琢句。它好似藍天上的一朶行雲，舒卷自如，又好似山谷中的一泓流水，奔瀉無礙。不過，話雖如此，一篇優美的散文，卻也自有它的法度：行其所當行，止其所不得不止。這就全看作者的才情和他的文學修養了。⑫

⑫ 見《散文欣賞》一集，大江出版社，一九六九年版。

就文意而言，這一小段正呈現梅遜似是而非的矛盾。文字造詣如蘇東坡「能行於所當行」者究竟不多，理論家指示作者「想到什麼就寫什麼」只會造成嚴重誤導。事實上，梅遜其他的實際批評往往又非常講究鍛字鍊句、章法結構，可是在理論上，他卻反覆表明自己爲一位反技巧論者；他的批評方法也因而顯出游離閃爍、駁雜無序的狀態。

另一種現象是：談理論時注重技巧，在實際批評中又幾乎不談技巧。大抵而言，經營理論時，作者都立足於宏觀與微觀兼備的角度，當實際批評時，很容易流於個人習慣性的感興書寫。前敍楊牧提及四種散文技巧，在落實於實際批評中又時常被捨棄。楊牧在〈周作人論〉⓭中說：

> 我重閱周作人浩瀚的著作，以誠意對之，覺得他通過不朽的文字技巧，所竭力提倡闡揚的文章主題，幾乎都是開明向上的；他的思想朗亮進步，尊重傳統而不爲迷信所拘泥，他追求中國民族社會的現代化，心思敏銳但極少暴躁的痕跡，他更有一種敦厚沉靜的哲學思想，透過簡潔的文字閃爍光輝。我的結論是，周作人之塑造近代散文，初不僅止於他的文字風格和章法結構，更見於他對健康的題材之追求和闡發，劍及履及，證明現在文字的無限功能。所謂文質炳煥，豈不就是這個意思？

楊牧數度撰文品談周作人，盛讚他文質炳煥，可是在論文中則絕少討論其細部技巧。以〈周作人論〉而言，楊牧特別強調周氏的風格，其次是主題關懷；對其他肯定的作家如豐子愷，也特別強調其「風格篤定，關懷普遍」，又如〈留學生朱湘〉一文對朱湘的情書全傾力在夫妻之愛。楊牧「三讀」許地山實是透過散文在讀許氏的「人」，他讀徐志摩，又極強調徐氏「有無窮的關懷」、「極端強烈的時代感」等。⓮

四、常見的散文批評方式

戰後臺灣批評、討論散文的散篇文章並不少，大部分屬於作家陳述自己的散文文學觀念，作者似無意建構理論。另有一部分實際批評則大多篇章簡短，很容易流於讀後感言的濫調。大體上可以從下列幾種方式審視：

(一) 論理思維

⓭ 該文原為《周作人文選》之「代序」，收入《文學的源流》。

⓮ 以上參見同註⓭引書及《文學知識》，洪範書店，一九七九年版；《許地山散文選》編後，洪範書店，一九八五年版；《徐志摩詩選》導讀，洪範書店，一九八七年版。

現代散文一向缺少專人注意，因而少數以研究專書型態出版的著作就成為很珍貴的資料。若論寫作態度之認眞，我們相信很少人像周錦一樣，數十年全力投注在現代文學史及散文研究上。不過，周氏的等身著作之成果，⑮和當代學術的期待視界尙有一段距離。

任何文類的評論者首先建設具體的文學觀，實為審視作品的充分必要條件，文類的認定、作品的優劣容或有見仁見智的差異，但爭議必然站在同一條文學認知的軸線上才有交談的可能。周氏對朱自清〈匆匆〉的評論適爲著例，他一再肯定〈匆匆〉是詩——是「有著散文味的詩」而絕非散文。至於周氏如何證明它是詩而非散文呢？首先把〈匆匆〉第一段加以分行羅列，然後斷言：

> 不論從文字，從意境，乃至於聲音，畢竟是詩，這就是朱自清以散文筆綴，所寫成輕巧柔美的詩篇。

接著周氏又舉出朱自清的長詩〈毀滅〉，指其也分段不分行，可見「朱自清對於詩，重實質不重外形。」其結論是：

> 從任何角度來看，〈匆匆〉是詩。
>
> 1. 在情韻方面，深深地含蘊著，讀了之後有回味的餘地，可以體會出作者不是在說

教，而是發抒著心底的感情；

2.在句法方面，大量使用排比的句子，要求著氣勢和力量，不論詞句是否上口，卻考慮著形成迫促；

3.在聲音方面，更要藉聲音助長文勢，如第一句中連續三個韻尾的「了」，把握著聲音的特殊效果。

由於這些，〈匆匆〉是詩；儘管朱自清給它注入了散文的質素，卻仍舊是詩，而且擴大了詩。⑯

以上周氏的詮釋，並沒有針對詩與散文兩種文類的差異性進行比較；詩的文字、意境與聲音究竟和散文有何不同？完全未做解釋。同時，〈匆匆〉既然可以分行成爲詩的形式，爲何朱自清不分開呢？周氏舉出的三點說明，與其說是詩的特質，毋寧說更趨近於散文的特質。如果眞如周氏所言〈匆匆〉是詩，那麼他應該清晰地舉出〈匆匆〉的詩質部分以說服讀者，而不能未加辯證，卽強行解說該「詩」具有「散文素質」以自行倒戈。

⑮ 周錦已出版研究現代文學的專書有：《中國新文學史》、《朱自清作品評述》、《朱自清研究》、《圍城研究》、《論呼蘭河傳》等書。

⑯ 見《朱自清作品評述》，智燕出版社，一九七八年初版。

評論者在安置〈匆匆〉的文類歸屬之前，應先分辨「散文形式的詩」與「具有詩質的散文」二者間的異同；「散文形式的詩」是用散文文體寫作的詩——卽其文體不具備具體的詩之形式，並使用趨近於生活的語言，表面看是散文語言，實質上，其語言的表層意義與其所指涉的文義有相當距離。換言之，詩具有廣大言外之意的空間，句與句之間形成跳接狀態，讀者能互相銜接，索求文意是經由意象綴合而成的意義鎖鍊。至於「具有詩質的散文」是用詩的文體寫作的散文，其語言的表層意義與其所指涉意旨仍然貼合。它的詩質成分例如加強節奏感、旋律感、大量使用巧喻等都是爲精緻的修辭服務，在語言上則以詩化的意象豐富了散文中的描寫及敍述，文字顯得極爲精緻。

如果藉由以上概念予以審視，〈匆匆〉本質上是以抒情的方式來進行感時傷逝的議論，它大量巧用譬喩、排比、疊句，具有強烈的節奏感及音樂性，它的字義與文義基本上密切貼合，仍應屬於散文。

文學批評工作者進行評論的先決條件是對文類認識淸礎，周氏解釋朱自淸〈匆匆〉就有概念模糊、言談混亂之弊。如果能夠建構一己的文學觀，避免思維方式隨興而發，以閱讀態度認眞如周氏，其對作品正文的評價論定，當不致令人讀來常有驚心之感。⑰

更形嚴重的研究專書如周麗麗的《中國現代散文的發展》，不僅餖飣成篇，遺誤連頁，且經常出現一些無法理解的思考方式與結論。⑱

(二) 美學詮釋

自新文學運動以來，為散文定義、詮釋的人很多，但多半採取抽象的、概括式的美學觀

---

⑰ 周氏編撰三巨冊《中國現代文學作品書名大辭典》，對所收錄的專書大部分附有周氏的批評，可參見。

⑱《中國現代散文的發展》，成文出版社，一九八〇年初版。其難以理解的文學觀念處處可見，例如該書第一章第三節說：

我們從中國現代文學過去的作家和作品考察，可以發現幾種特別的現象，對於現在這個問題的探討很有幫助。

——小說作家不一定都能寫散文，最少不一定都能寫出有水準的散文；

——有水準的小說作家，幾乎都能寫出好的散文來；

——詩人幾乎都能寫散文，但不一定寫得好，甚至弄得很怪；

——有成就的詩人，一定可以寫出清新可愛的好散文；

——散文寫得很好的作家，雖然不一定寫小說，寫出的作品必然有很高水準；

——散文極有成就的作家如果寫詩，一定可以創造出不下於散文的成就來；

——小說作家很少寫詩，詩人也很少寫小說，就算加以嘗試，結果也不會很好。

由這些情形，比較起來，散文應該有著更為重要的地位。

以上的思維方式及推理程序，在在顯現出作者對文學缺乏基本常識及基本推理能力。

念。到目前爲止，尚不足以掌握散文的美學特色進而步入深層研究。例如所有論者皆同意散文要「美」，至於美的定義如何，梁實秋〈論散文〉[19]中說：

> 散文……最高的理想也不過是「簡單」二字而已。簡單就是經過選擇删芟以後的完美狀態。
>
> 散文的美，美在適當。不肯割愛的人，在文章的大體上是要失敗的。

梁氏所說的簡單與適當，並非散文此一文類的特色，而是所有文類都應該注意的原則，並無補於散文的定義之周沿。

又如方祖燊《散文的創作鑑賞與批評》[20]第二章第二節說：

> 許多作家認為「美」是現代散文的第一要件。民國十二年十月，朱自清作了一篇〈槳聲燈影裏的秦淮河〉，記敘他和俞平伯夜泛秦淮河的事。他在這篇文章裏，無論記人記事，寫景寫物，抒情說理，都是用非常美麗的文辭來寫的。描寫他泛舟秦淮河上時，所見到種種事物，大小船隻、橋樑、人家、秦淮河的夜景與燈影，所聽見的妓樓畫舫送來的笛韻歌聲，以及他的種種感受，心裏所生種種情思與議論，無不用非常美

麗的文字來描寫、敍述、發揮。你讀過這篇文章，你就會同意我所說的。周作人稱美它是「白話美術文的模範」，這也就是現代散文作家心目中所追求的文學性散文的範式。

接著又引周作人〈美文〉㉑文字來印證上說：

外國文學裏有一種所謂論文，其中大約可以分作兩類：一批評的，是學術性的。二記述的，是藝術性的，又稱作「美文」。這裏邊又可以分出敍事與抒情，但也很多兩者夾雜的。這種美文似乎在英語國民裏最為發達。如中國所熟知的愛迭生、蘭姆、歐文、霍桑諸人都做有很好的美文；近時高爾新威西、吉欣、契斯透頓也是美文好手。讀好的美文，如讀散文詩，因為他實在是詩與散文中間的橋。中國古文裏的序、記與說等，也可以說是美文的一類。

⑲ 見《中國現代散文理論》，廣西人民出版社，一九八四年版。

⑳ 見《散文的創作鑑賞與批評》，國立編譯館，一九八三年出版。

㉑ 方氏引文與周作人諸種文集中所收〈美文〉文字稍有出入，此處以《周作人早期散文選》（上海文藝出版社，一九八四年版）爲本。

方氏詮釋散文之美完全著落在「用非常美麗的文字來描寫、敍述、發揮。」換言之，即以文字修辭層次爲準據。其次引用周作人文字來證明散文重點在「美」，又與周氏原意不同。蓋周氏所指的美文爲英國式的小品論文（Essay），即一般人所忽視的知性散文，其範圍亦甚廣泛，是一種介於詩和散文之間的「論文」體裁，周氏論此種散文美的要點是「眞實簡明」，並無意於文字修辭。觀諸周氏衡文一向重視思想思維及精神風骨，而非華辭麗藻。此處引用周氏文字勢必使作者意圖詮釋的客體更加模糊。

季薇詮釋散文美包括：

> 意境的美，辭藻的美，結構的美，和情操的美。㉒

王文漪談散文的美則涵蓋文字的美，韻味的美，節奏的美，意境的美：

> 一篇散文，如果言有盡，意無窮，使人回味不盡，就有夠味的美，而讀起來順口，就有節奏的美……散文的意境，散文是非常注重意境的，意境越高，散文的藝術價值越高。而意境卻只能意會不能言傳。㉓

作家喜歡強調散文要美，然而對於所謂美之爲何物，常是籠統帶過，未能深入詮釋，衡文析理。事實上，論者本身多半對美學沒有具體的專精認識，憑靠的是經驗法則；尤其言人人殊，甚至在同一論述中卽產生矛盾。

（三）印象式批評

印象主義的批評原是十九世紀法郎士（Anatole France, 1844-1924）與拉美特爾（Jules Lemaitre 1853-1914）等人所提出。法郎士的名言是：「一切眞正的批評家都只是敍述他的靈魂在傑作中的冒險經過」，他們排斥推理的哲學系統，相信自己的感覺更爲眞確，他們的文學批評是「維持著親切談話的語氣與閒遊緩步的態度」，拉美特爾認爲批評家的批評中也有他個人的個性存在，批評實際上也是一種創造。這種理論很容易遭人誤解，以爲批評其實再簡單不過：只要把看了文章的感覺表達出來就是批評。實則，印象主義批評家們本身的文學素養都很高，法郎士不僅是位文學家同時也是博覽羣籍，精研古典的學者，研究過物理、天文、地質、人類學等科學。印象主義批評家在批評時，表達出來的是閱讀印象的「結果」，實則其間還有分析、比較、判斷等工程都在內心運作。印象主義的批評固然可以書寫

㉒ 見季薇〈散文欣賞平議〉，《散文的藝術》，學生書局，一九七五年版。
㉓ 見王文漪〈漫談散文〉，《耕雲的手》，金文圖書公司，一九八一年版。

評者的主觀看法，但是，其基本條件是要具有通識達體的學理基礎。

現代散文的「印象式批評」跟印象主義批評本質不同，它大率以「感覺」爲主，「介紹」爲其次，「批評」爲末。分析其常用角度如下：

1. 介紹作者：

此一項目包括介紹作者的生平、個性、嗜好、評者與被評者認識的經過、評者讀此文（或書）的際遇等等。張雪茵的《散文寫作與欣賞》㉔爲典型之作，該書評介對象以作者結識的作家之作品爲主。其評介文章開始大抵先介紹作者與被評者結識的經過、讀其文章的因緣，或被評者的生平介紹，結尾提示作者目前的行蹤及工作等。

郭明福《琳瑯書滿目》㉕在評介一本書之前很喜歡用大量篇幅來介紹評者與被評的書結文字緣的經過。例如評《旅美小簡》共有一千五百字，但作者花了五百七十字篇幅敍述初讀陳之藩散文的情形、十餘年後有幸再讀及對陳氏的感佩等等。這些都是在評介正文之外的工作。更形極端的是評《北窗下》全篇都在簡介評者與該書的接觸因緣等，讀至尾段，我們發現「我將《北窗下》置於案頭」，原來評者終篇未曾開卷爲正文作一評介。這部分似乎連「介紹作者」都不算了。

2. 介紹內容：

前敍如郭明福的批評若觸及正文的部分，則大多在介紹其內容主旨，此類評介法相當普遍，中間夾以大量引文，再附以數語感性的推介之辭。許多散文選集附有編者按語，其立意原是評介該篇散文，實際上大部分都在介紹選文的內容，甚至有些誤讀的「詮釋」。㉖還有

㉔《散文寫作與欣賞》，臺灣學生書局，一九七七年初版。

㉕《琳瑯書滿目》，爾雅出版社，一九八五年版。

㉖例如《七十七年散文選》（九歌出版公司，一九八八年版）選文〈地圖思考〉的〈編者註〉全文如下：

〈地圖思考〉以充滿科幻、寓意，呈現了散文世界的另一片天空。作者憑藉著心中的中國地圖，告訴我們心中的中國。同時展現出這麼詭譎多變、如幻的歷史意識來。我們從文中看出作者一點小小的動機，〈地圖思考〉很可能是政府開放探親後呈現洶湧返鄉探親人潮所激發出來的一個省思吧。然而做為一個現代社會知識分子和文藝工作者，燿德要『回大陸探臨時醃製的七等親』，心中卻有著中國和臺灣的交纏。而最後燿德流露出一個屬於中國的情感，是一個圓圓的沈重句點，令人無盡思考。

上文至少有五點值得斟酌：1〈地圖思考〉採用的是「魔幻寫實」，而非「科幻」。2探親潮只是全文第七段所涉及的一個小單元，不是全文主調。3作者並未流露出「屬於中國的情感」，而是呈現「什麼是『中國』的疑惑」。4編者認為作者要「回大陸探臨時醃製的七等親」，其「心中卻有著中國和臺灣的交纏」，並未自正文中印證，只是臆測作者內心未寫出的看法。5全篇評文未見針對正文的閱讀。

爲介紹文章內容因而大談原作中提及的人或物者，例如《琳瑯書滿目》中評《師友文章》一書，作者談及書中所敘之夏濟安時，也想及夏濟安與《文學雜誌》的因緣等等。諸如此類的評介文章，大抵是評者以主觀的喜好帶領讀者共享他個人的讀書經驗與閱讀品味。這類假象的印象式批評充斥在書評市場中，也形成了「評論無用論」的社會觀感。

3. 聯想作用：

跟前敘介紹作者等隨感式的評介文章不同的是，此種評文形式工整，論點以輻射狀環繞正文的外圍相關部分。其手法大多是針對正文的邊際實施聯想，使得文章看起來豐富飽滿。簡宗梧評析朱自清〈荷塘月色〉等文章卽是。㉗

簡氏評朱自清〈荷塘月色〉，首段言王粲撰〈登樓賦〉、東坡撰〈赤壁賦〉等而使地因文而聞名，〈荷塘月色〉也使清華園名聞遐邇。次段言朱自清忠厚拘謹文如其人，接著依照文章段落依序解析。結論回到朱文「腴厚從平淡出來」。在這篇四平八穩的評論中，作者基本上是靠聯想來連結思維：除了前敘第一段，其次是文中再引用余光中評朱自清的文章——亦是經聯想而鑲鉗進來。再如文中提出的評者見解：〈荷〉文創作動機與寫法都是承〈登樓賦〉而來、其荷花與女性意象則聯想到〈洛神賦〉、其譬喻修辭格則是得自〈洛神賦〉的启示。同樣的文章模式見諸另一篇評徐志摩〈翡冷翠山居閒話〉：徐志摩此文「完全表達了陶淵明〈歸田園居〉的情懷、其華麗的文筆及駢排的字句則來自六朝習尚」等等。而徐志摩三疊句的後句拉長「這種排比方式，是當今某些作家所慣用，由此也就可知徐志摩文章的魅力和影響力。」

以上二文的聯想，都有線索可尋：例如同是以「地」爲主要描寫對象的文章而產生聯想結，朱自清、徐志摩在文壇都有幾近蓋棺論定的文格及人格——因而「有忠厚拘謹文如其人」等說，但同時也聯想到反對者余光中的文章——所以我們稱之爲鑲鉗，因爲該文在本篇中被擺放的地位時正時反。至於評文的「聯想」實際上應屬於「影響」的研究，此處所以不曰影響而說聯想，是因爲還沒有構成影響的條件。蓋並未提出稍爲有力的證據證明〈荷〉文創作動機與〈登樓賦〉相同、〈翡〉文情懷跟〈歸〉文相同。如果缺乏證據，則僅能止於評者的聯想，而不是正文互相影響。其次有關古今作品修辭部分的影響，由於排比、類疊、譬喻等是不論文言、白話中任何文類都必然會出現的基本修辭格，這些修辭格在作家運作時，僅有多寡優劣的不同，而很少出現本質上的差異。所以，如果僅根據採用此三種辭格來論斷作品的「影響」，則任何作品之間都可以扯上關係。文學的影響研究最需要提出證據，徐志

㉗ 簡宗梧〈江山亦要文人捧——評朱自清散文「荷塘月色」〉，《師友月刊》，一九八六年一月；〈大珠小珠落玉盤——評徐志摩的「翡冷翠山居閒話」〉，《師友月刊》，一九八六年十月。

摩的三疊句後拉長（如果這也算一種獨家發明的特色）影響了後來那位作家、那些作品，實應提出證據，其影響及魅力才具說服力。如果僅止於聯想，那麼它在文學批評中較難觸及正文的研究。

（四）闡發主旨

研究主旨原是主題學的範疇。不過散文的評論大部分限縮在狹義的主題解析及闡發上。換言之，大部分側重散文主題訴求的批評者都傾力於闡發文章的主旨，乃至專注於辯證主旨本身的倫理性，在他人文章中追索評論者本身非常個人化的道德尺度，並未眞正進入作品深層的意識領域。例如張雪茵評琦君散文時說：

> 由此我們更可見作者的思想純正，人生觀積極，而富蓬勃的朝氣。它帶給讀者的是風花雪月的閒適情緻以外，實有著無限前程的新希望。

評姚葳時說：

這該是本文的主題，雖然只是作者偶有所見，偶然所感，但她告訴你金錢不能買到歡樂，金錢更代替不了愛心。這就是透過文藝，和細膩的筆觸，指導人生，闡揚哲理。[28]

這一類看法，將文學納入倫理框架中，使得文學成爲道德工具，而且爲了符合社會表面的庸俗化、形式化道德尺度，不惜刻意忽略了文學內在的秩序，而以作品中浮面的啓示性言談做爲價值判斷的標準。最後的結果是「主旨」吞蝕了「作品」。

(五) 修辭解析

散文單篇的實際批評中，較具成就者，在於散文的章法結構、修辭技巧。大致上仍圍繞著修辭辭格的範疇。許家鸞的《綠園賞文》[29]是典型而有成效的著作。該書賞析八篇散文，最早並不拘泥在單一的角度下手，有的就全篇章法結構分析，有的就取材佈局伏筆下手，有些談象徵、氣氛、追溯作者的意識思想等，最多的則是做修辭格的分析。從此之後大部分散

[28] 見同註[24]。

[29] 《綠園賞文》，弘道文化公司，一九七一年版。

文批評文章都是從修辭學著筆。

不過這類型的解析，嚴格說是「以散文作品做爲修辭學的實證」，而非散文批評，因爲修辭學本身只是一種可針對任何文字結構進行框架套用的形式裁奪；除非這一型態的論者能夠發展出眞正集聚焦點於散文形式特質的「散文修辭學」，否則對於散文的發展並無法提供具體的建樹。

五、結　語

文學批評原是後設於創作的工作，近十餘年來現代散文的定義和內涵不斷在擴充之中，部分作者把現代詩的意象及象徵系統容納入散文創作構成的領域，使唯美的散文開拓嶄新的靈視空間，而鄉土散文納入小說的敍述性則又加入厚實的氣蘊。散文研究的心態實不能保守不動。在今天，筆者認爲散文研究者應該涉及不同文類的理論以及保有宏觀的文化史、文學史襟懷。當他要進入散文研究之刻，應先掌握文學史與文化發展的整體形勢，並了解不同文類的差異性及相容性，才有可能做出有效的評鑑。

就當代散文理論的發展前景而言，全國各文學院中文系、所應鼓勵教授及研究生參與現代散文的研究工作，散文的理論建構也要突破舊式自由心證的批評理論，或者傳統詩詞及評點派的印象批評法。新世紀的人生觀與世界觀應該在新世紀的文學批評理論中具體地予以實證。是以，如何建構屬於二十世紀末，乃至二十一世紀的散文理論，正是一門值得臺灣文學界人士深思的課題。

臺北·〈二十世紀中國文學研討會〉宣讀論文

當代臺灣文藝政策現象

一

在一九四九年以前，支持國民黨的文人和接近乃至主張社會主義的文人曾經多次對壘，一九三〇年國民黨倡導民族主義文學，左傾的文人則以魯迅、馮乃超、馮雪峰、周揚等人爲核心組織了「中國左翼作家聯盟」（一九三六年解散），採取馬克思階級論與歷史主義，和右翼文人宣戰，在三〇年代蔚爲主流，而前者則無疾而終。

一九四二年毛澤東代表中共黨中央發表〈在延安文藝座談會上的講話〉，運用唯物辯證法，強調政治對文學的統御性，指出社會生活是文藝的唯一源泉。

> 一切種類的文學藝術的源泉究竟從何而來呢？作為觀念形態的文藝作品，都是一定的社會生活在人類頭腦中的反映的產物。人民生活中本來存在著文學藝術原料的礦藏，

這時自然形態的東西，是粗糙的東西，但也是最生動、最豐富、最基本的東西；在這點上說，它們使一切文學藝術相形見絀，它們是一切文學藝術的取之不盡用之不竭的唯一泉源。這是唯一的源泉，此外不能有第二個源泉。

在以上的論述中，做爲下層建築的社會生活凌駕於藝術地位之上，文藝成爲社會的形象反映，而文藝的歷史本身只是「流」而非「源」，從而導向文藝必須自現實出發的觀點；在這種建構下，文藝美本身如能自生活美出發，便能超越現實的生活美，「文藝作品中反映出來的生活卻可以而且應該比普通的實際生活更高、更強烈、更集中性、更典型、更理想，因此就更帶普遍性」。換言之，文藝本身必須歸納出社會的典型，作家也因而投身於羣衆的實際生活中，才能尋找出典型化的途徑，進行對現實的複製、再現。

當時領導中央文化運動委員會的國民黨文宣幹部張道藩，爲了抗衡毛澤東的「延安講話」，遂於同年七月《文化先鋒》創刊號發表〈我們所需要的文藝政策〉，主張「三民主義的文藝政策」、「拿文藝作爲建國的推動力」。基本上張道藩同樣主張再現理論，他對於文藝的看法本質上和左翼勢力沒有太大的差別，都是將文學藝術視爲工具，只不過一個是左翼的「社會主義寫實主義」、一個是右翼的「三民主義寫實主義」，但在推行的策略上卻有層次上的差別，共產黨的文藝理論，將文藝創作的「源」置於社會底層的現實，而國民黨的文藝理論則將文藝創作的「導」寄託於黨國文藝政策的權杖指揮之下。

張道藩的〈我們所需要的文藝政策〉是國民黨高級黨工第一篇關於三民主義文學政策的全盤概述，雖然在當時沒有具體的影響，但可以說是一九四九年以後臺灣獨特的文學政策變遷的濫殤。執筆者張道藩是國民黨文藝政策的始作俑者，在五、六〇年代臺灣文壇一度擁有強固的實力，也顯然影響了蔣中正總統父子的文藝政策。因此，在本文中筆者不論中共文藝政策的發展，而自張道藩的文藝政策理念開始討論。

張道藩在〈我們所需要的文藝政策〉中開宗明義將文藝視爲實用的政治工具，他認爲抗戰後「文藝已不是有閒階級的唯美主義者們在貧乏的內容上玩弄文字的東西」，「負起了喚起民衆，組織民衆的積極責任。它擺脫掉專門學者、美學家，以及超然派的文藝家們的羈絆，而跳入從事社會工作者的懷抱，與抗戰建國發生聯繫。」在這種情勢下，張道藩認爲各種文藝理論流派以及西洋文藝發展的內容皆不足取法，「與現實社會脫節，不夠作文藝創作的指導」。

過去並沒有任何國民黨人提出以三民主義指導文藝的看法，因此張道藩認爲：「封建社會、資本社會、共產社會都有它們獨特的文藝，那麼，較之它們更爲完美的三民主義社會既是另一樣社會的意識形態，爲什麼不能建立自己的文藝呢？」

關於「三民主義文藝政策」的具體方向，張道藩提出四種基本意識：

第一，三民主義是為全國人民求生存，所以我們的文藝要以全民為對象。所有文藝家都有他寫作的對象，對象決定後，才能決定他寫作的內容與形式。……一切文藝作家都有他寫作的對象，無對象，藝術即不能成功，因藝術要有將內容與形式表現得使人喜歡讀、喜歡聽、喜歡看的技巧。如無對象，就不曉得你的內容與形式是否能得到讀者或觀衆的喜悅，因而也不曉得技巧是否成熟。如此講來，我們創造三民主義文藝的對象是那些呢？是「全民衆」。以往的作家都多少帶點階級性，我們要絕對泯滅階級的痕跡而創造全民性的文藝。

……國父說：「社會之所以有進化，是由社會上大多數的經濟利益相調和，不是由於社會上大多數的經濟利益有衝突。社會上大多數的經濟利益相調和，就是為大多數謀利益；大多數有利益，社會才有進步。……階級戰爭，不是社會進化的原因，階級戰爭，是社會當進化的時候，所發生的一種病症。這種病症的原因，是人類不能生存；因為人類不能生存，所以這種病症的結果，便起戰爭。」文藝是促進人類進化的工具，是幫助人類生存的武器，我們作家的社會階層儘管殊異，而最終目標是相同的。即令我們的觀點不同，即令我們寫作的對象也不同，然絕不挑撥階級的仇恨，掀起階級的戰爭，而以全民的生存意識為目標。這是三民主義的基本要義，也是三民主義文藝所要表現的意識形態。

第二，以事實解決問題的方法。國父說：「要解決民生問題，應該用什麼方法呢？這個方法，不是一個玄妙理想，不是一種空洞學問，是一種事實，不是外國所獨有的，就是中國也有的。我們要拿事實來做材料，才能定出方法；如果單拿學理來定方法，這個方法是靠不住的。這個理由，就因為學理有真的有假的，要經過試驗才曉得對與不對，好像科學上發明一種學理，究竟是對與不對，一定要做成事實，能夠實行，才可以說是真學理。……所以我們解決社會問題一定要根據事實，不能單憑學理。」這段話是三民主義哲學認識論的基本要義。……我們第一步要認清中國現在的事實，然後以這些事實做材料來定解決文藝問題的方法。好在　國父已經將事實的材料擺在我們面前，我們從事文藝者只要在他的遺教裏汲引材料，就可以針對現實的情況解決問題。這是三民主義影響及於文藝的第二種基本意識。

第三，仁愛為民生的重心。國父指示：「人人應該以服務為目的，不當以奪取為目的。聰明才力愈大的人，當盡其能力服千萬人之務，造千萬人之福；聰明才力略小的人，當盡其能力，以服十百人之務，造十百人之福。所謂巧者拙之奴，就是這個道理。……而人類由於服務的道德心發達，必可使之成為平等。」這是三民主義道德觀的基本要義。一般唯心論者是由個人主義為出發點，將「我與人」，「我與物」分開。「我」是一切利害的中心，「我」為歷史與文化的創造者，所以主張個人權利，個性至上。如以私產制的關係，更使個人主義者歧視、剝削與壓迫平民。固然有不少悲天憫人的唯心學家，以拯救平民為目的，然而都是像國父說的：「從前講社會主義的人，都是烏托邦派，只希望造一個理想上的安樂世界，來消滅人類的痛苦，至於怎樣去消滅的具體方法，他們絲毫沒有想到。」我們由「非以役人，乃役於人」的精神，反對個人主義，反對資本主義，而實行「革命是為最受痛苦的平民而奮鬥」，「是為民權主義而革命」。但是我們並不主張最受痛苦的勞工階級專政，把資本家殺害的殺害，驅逐的驅逐，而另造一批貧苦的民衆。私人資本終於要消滅，然在國家工業未建立以前，他們的貢獻也不能抹殺，對資本家絕不能取仇恨的態度。我們對平民固應該仁愛，對資本家又何必仇殺？資本家的罪過不在其本身，而在以往經濟制度的不良，如果真正的民生主義社會實現後，資本家自會消滅，何必殺害而後已。這個仁愛、平等、服務、犧牲的精神，又為三民主義之第三種基本意義。

第四，國族至上。私產社會產生個人主義，共產社會產生階級觀念，而三民主義社會則產生國族至上的意識。個人主義者時時以「我」的權利，「我」的義務，以「我」為衡量一切的標準，甚而有時因與我的權利衝突，置國家民族於不顧。殊不知國亡族滅，身將焉附？有些人又偏偏要以階級為立論的出發點。如果認為中國工人之中有工主、工匠、工徒，農人之中有地主、佃戶、雇農，商人之中有店主、店員、店徒那麼哪一國又沒有？卽以蘇聯而論，還不是變相的存在著？就算中國有階級的存在，其懸殊決不如歐洲之甚，而解決社會問題，也不能照歐洲的方法。……

國父所以創民族主義的用意，鑒於我國只有家族主義、宗族主義而無國族主義，人民像一片散沙，再加失掉民族自信力，必致亡國滅種，禍在旦夕，不得不用民族主義以喚醒民衆。這是事實的需要，不是理論的空想。個人主義與共產主義是都不注意民族主義的，且許多共產主義者儘管高唱著國家的形成由於資產集團的自利心，為了要打倒資產階級所以也要取消國家的組織。可是理論自理論，而事實上蘇聯在對德作戰中早已將世界革命拋棄，在那裏積極的提倡民族意識與國家觀念。民族的形成為天然的，而階級的對立是人為的，所以國父取民族而棄階級。可是我們的民族主義絕對不同於希特勒所倡的那樣，以日爾曼民族為世界最優秀的民族，而以征服他族，消滅他族為能事。我們是本著「繼絕世，舉廢國，治亂持危，厚往而薄來」與「惟仁者為能以大事小」的精神，不但要自己的民族獨立、民族自由，且要扶助一切弱小民族都能自由、都能獨立，以達「大同」之治，國族至上，這是三民主義第四個基本意識。

「五要」——

透過上述四項基本意識，張道藩推演出「新的文藝政策」的訴求，也就是所謂「六不」、

「六不」：

（一）不專寫社會的黑暗。

（二）不挑撥階級的仇恨。

（三）不帶悲觀的色彩。

（四）不表現浪漫的情調。

（五）不寫無意義的作品。

（六）不表現不正確的意識。

「五要」：

（一）要創造我們的民族文藝。

（二）要爲最苦痛的平民而寫作。

（三）要以民族立場而寫作。

（四）要從理智裏產生作品。

（五）要用現實的形式。

張道藩寫作本篇的實用目的主要在反對當時中共的文藝政策，但是他本人對於西方藝術文化的強烈排斥卻溢於言表。除了三民主義的世界觀之外，一切的人類文化被化約爲封建意識形態、資本主義意識形態和共產主義意識形態。在民族本位和實用主義的框限下，以上三種意識形態都是文藝政策所反制的對象。

所謂「六不」是消極的防杜反體制、反道德思想；而「五要」則是積極地驅策藝術家和文學家背負政治使命，張道藩的思想和北宋王安石「文者，禮教治政云爾」的觀念相同，形成變相的思想管制。文藝政策的總目標，無非爲了堅定知識分子思想忠貞，激昂社會士氣民心，並以功利實用爲推展運動的能源，一切主旨均依環繞著維護現存體制的核心理念。以「五要」之二「要爲最苦痛的平民而寫作」爲例，就標題本身而言，似乎著眼於下階層的苦難，而張道藩對此一論題的解釋卻非常特別：

或許有人要講，要想大資本家、大地主與統治者自動地為勞苦民衆而革命，這簡直是不可能。事實上，這不是不可能的問題，而是不知的問題。如果他們真正覺悟了他們所製造的悲慘世界，可能禍及自身和後代子孫，加以仁愛的本性，沒有不自動革命的。試問歷來從事革命事業的志士而自命為提倡普羅文學的人們，有幾位是從勞苦民衆出身的？大多數都是貴族或資產階級，因受先知先覺的感化，成了一種信仰，雖赴湯蹈火亦所不辭。理論一成為信仰，就產生行動，問題只在你的理論怎樣使資本家、地主與統治者發生信仰。我們的文藝家常常自誇說：「文藝最富感人的力量」。那麼，現在用到我們了，使社會各階層的人都賦有革命的精神，責任就在我們身上。我國革命之能否徹底成功，就在文藝工作者之是否努力，是否盡了自己的職責！

換言之，所謂「要爲最苦痛的平民而寫作」，其立意和中共對大資本家、大地主進行控訴、制裁的觀點截然不同。張道藩傾向於「感化」的立場，要用「最富感人的力量」促使社會的壓迫者皆能和被壓迫者「自動地」、「賦有革命的精神」。當時中國社會現實的不平等已經是無法掩蓋的事實，加以戰時、戰後經濟的殘蔽，大多數民衆生活艱困，左右翼的知識分子都無法漠視這個問題，張道藩所採取這種不切實際的立場和國民黨的主要支持者爲資本家和城市中產階級有密切關係。很顯然，當時的國民黨必須倚靠財閥的財力和中產階級士紳的支持，但在孫中山的三民主義理想藍圖中，又存在著平均地權和壓抑私人資本的革命思想，因此張道藩面臨如此嚴重的矛盾，不得不一方面倡議創作者「要將勞工勞農的苦痛、悲憤、生活情形，心理狀況以及所受暴虐的統治者的蹂躪，大資本家的剝削，與大地主的壓迫等等表現出來。」另一方面又以大資本家與大地主終有一日會「良心自動地起來改造」爲無關宏旨、毫無制裁效用的虛應故事。張道藩指出：

……使統治者大資本家大地主知道自己的錯誤、自己的墮落、自己的罪過而幡然悔改，自動地為勞工勞農謀利益。這樣的寫作，很可看出處處是從仁愛，而不是從憎恨為出發點。我們固然也寫暴虐統治者的蹂躪，大資本家的剝削與大地主的壓迫，但不是站在勞工勞農的立場要憎恨他們、報復他們，而是使他們了解現實，拿出良心自動地起來改造他們所造成的悲慘世界。

這種曖昧的立場，使得張道藩的理論不僅不能說明一般的知識分子和那些「最苦痛的平民」，也暴露了當時執政黨的矛盾困境。

張道藩顯然也自覺了宣傳與文學發展的對立性，但是卻賦與兩者頗爲勉強的整合觀念，他在同文中指出：

……文藝完全變成宣傳的東西，豈不失去藝術的價值。實際上，除了極少數無思想、無意義而只玩弄形式，雕琢文字的作家外，所有偉大和成功的作家，無不在宣傳他自己的思想、自己的主張，不過你不覺得他在宣傳罷了。他的思想愈高超，主張愈堅定，則他的藝術必愈偉大，造詣必愈成熟。因為他的思想愈高超，對人生的認識必愈深刻，主張愈堅定，對人生的觀念必愈一貫如此，經驗必愈豐富，觀察必愈深刻，意象必愈生動，當表現出來的時候，藝術的造詣當然更為成熟。思想為骨幹，意象為肌肉。而肌肉之豐滿與否，仍視骨幹之合度與否為轉移，如果骨幹畸形或不合度，卽令有豐滿的肌肉，亦不能稱之為「美」。由此可知思想在作品中之重要。惟成熟的文藝家善用意象來表現他的思想，使讀者覺不出其為思想而仍為意象。所以思想性愈高、表現愈成功的藝術品，宣傳的效用亦愈大。反之，若只有思想而無藝術，那就成為一般的宣傳品了。

將特定意識形態灌輸進作家的「思想」中，就此點而言張道藩的說法和左翼文論如出一轍，而且他本身對東西方文化問題欠缺深刻了解，搬弄術語、強做解人，又昧於當時中國社會經濟瀕臨崩潰、侵略者步步追迫、國家已陷於分裂狀態的惡劣情勢，只求配合統治階級的利益原則，使得這篇宣言式的作品內容淪於自相矛盾、無法自圓其說。張道藩強調創作者的「思想愈高超，主張愈堅定，則他的藝術必愈偉大」，用以支持宣傳與文學的結合，其實任何思想高超的創作者都不可能附和統治者的宣傳口號，其理甚明。但是他的基本想法卻在五○年代後的臺灣落地生根，影響深遠，不可忽視。

二

臺灣文藝政策的推行，關鍵時段是一九五〇年。同年發生了幾件事情，其一是蔣中正總統長子蔣經國擔任當時的總政治部主任（隸屬國防部，一九六九年改稱國防部總政治作戰部），翌年即發表〈敬告文藝界人士書〉，號召「文藝到軍中去」的策略。其二是在張道藩策劃下，中國文藝協會與中華文藝獎金委員會於本年成立。政策文學的兩支主幹均於本年確立，總政治部系統和張道藩系統在初期發展階段彼此呼應，形成軍中與文藝界雙管齊下的犄角之勢。

一九五三年蔣中正總統發表其著名的《民生主義育樂兩篇補述》，正式確立自己為孫中山三民主義的繼承者、維護者加上增修者的多重角色，並以《育樂兩篇補述》的頒布做為臺灣國民黨政權在文化層面的施政綱領。蔣中正總統在臺灣執政期間非常重視學術文化的發展，中國大陸失敗的教訓使得他痛定思痛，理解了武力本身和依賴外援都不足以完全控制政局。只有加強社會民生建設並掌握知識分子的動向才能確保政權的鞏固，在《育樂兩篇補述》中可以發現他對於中華文化現代化的重新省思。同時文藝發展的方向也在該文中具體明示，包括下列各項：

(一) 文藝與武藝

人生最高尚的娛樂就是藝術。前面說過中國古代的教育，以六藝為本，六藝就是禮、樂、射、御、書、數，文藝與武藝都包括在內。民生主義的教育，科目很多，但是我們必須體會這文武合一、身心和諧、手腦並用、智德俱進的精神，來確定課程與教育的方法。

本節不再就教育來說明，只是從文藝對於國民心理康樂的影響上，來探求民生主義社會文藝政策。

(二) 社會變動中的文藝

從中國歷史上來探討，政治與社會發源於禮，文學與音樂發源於詩，這發源於詩的文學，乃是傳達思想與情感的一種藝術，因為文學是思想與情感的傳達者，所以他必有其充實的內容，因為文學是一種藝術，所以他又必有其優美的形式，我們試從這一簡明的概念來指出今日文學上的問題之所在。

我們中國是一個博大的國家，又有悠久的歷史，各地域、各宗教、各階層，對於文學都有他的貢獻。我中華民族愛和平、尚忠信，所以無論是故事和傳說，或是詩歌和戲劇，都有其樸實的內容與真摯的情調。但在舊來的農業社會裏，一班特權階級之士大夫往往獨佔文壇，玩弄其煩瑣的格局，保守其僵化的形式，民間文學反而埋沒。這是舊社會的文學問題，今日工商城市的文學問題又與此不同，今日的文學問題是什麼呢？就是文學的商業化。工商城市的生活是靠收入的，文學作家的收入從那裏來呢？他們的收入多半是來自書賈的，書賈為了把握文學作品的暢銷，只有迎合一般羣衆的胃口，便阻礙了文學走上真摯和優美的道路。

但是羣衆並不是甘心墮落的，共匪乘了這一空隙，對文藝運動下了很大的工夫，把階級的鬥爭的思想和感情，藉文學、戲劇，灌輸到國民的心裏，於是一般國民不是受黃色的害，便是中赤色的毒，我們國民革命為建國而奮鬥已六十年，竟聽任這兩種毒素來殘害我國民的心理健康，實在感覺到萬分的慚愧。

今日臺灣省在這方面有顯明的進步。民族主義的文學作品漸見抬頭，反共抗俄的臺語戲劇使一般民衆受很大的感動，反共抗俄的電影又有優良的作品陸續製成和上演，但是我們決不自覺滿意，因為：

1. 純真和優美的文藝作品還是太少，一般國民的閒暇時間大部分仍是商業化的文藝作品的領域。

2.表揚民族文化的作品還在萌芽和生長之中，還不夠充實。在暴俄匪共有系統有計畫的摧毀我中國文化的今日，我們感覺表揚民族文化使其深植人心的新文藝作品，還是太少。

我們不僅在光復大陸以後，要向這一方向去努力，並且在今日反攻的前夕，便應該在這方面作必要的準備。

除了以上說明，《育樂兩篇補述》尚包括針對於音樂和歌曲、美術、書畫、雕刻、電影和廣播等不同類型、媒體的藝術形式進行綱領性的指示。蔣中正總統強調音樂是「羣育的工作」與「國民心理健康的特效劑」、「把美術當做社會建設和文化建設上重大的問題來研討」，關於電影和廣播等「電化教育事業必須先要由國家經營，……以達成保持與增進國民心理康樂的目的」，並斥責「外國電影是商業化的娛樂品，我們的文學與戲劇便在這商業化的影響之下，走向墮落的道路。」

總體觀之，蔣中正總統的文藝理論是典型的形式、內容二元論，將文藝感人的力量區分爲「內在的眞」(內容)和「外在的美」(形式)，而他在《育樂兩篇補述》中有關文藝內容的探討實居於核心位置。和張道藩簡易化的寫實主義論不同，他把當代的文藝和中國的傳統文化密切地聯繫在一起，他以「中國過去的學術文化界」的風尚如「講究個人品德的修養與性情的陶冶」視爲當前文藝的借鏡，在中共移植蘇聯文化的五〇年代，保持中國固有文化內容成爲其論述中的主要的支點，藉以強化他本身背負道統的形象，事實上中國傳統教忠教孝的思想訓練亦有利於鞏固國民黨政權的安定。

同年，中國文藝協會公布〈中國文藝協會動員公約〉，文曰：

我們願意貢獻一切力量，爭取反共抗俄戰爭的勝利，並爲厲行國家總動員法令，各自努力本位工作，經鄭重議定下列公約，保證切實履行，如有違反，願服從衆議，接受嚴厲的批評和制裁，決無異言。

1. 恪遵政府法令，推動文化動員。
2. 發揚民族精神，致力救國文藝。
3. 團結文藝力量，堅持反共鬥爭。
4. 勵行新速實簡，轉移社會風氣。
5. 嚴肅寫作態度，堅定革命立場。
6. 鞏固文藝陣營，注意保密防諜。
7. 加強研究工作，互相砥礪學習。

8. 集會嚴守時間，力求生活節約。

以上公約全文充分暴露五〇年代臺灣政治的嚴峻氣氛，作家的集團採取向當局主動表態的模式彼此規約，內容無非是因應當時國民黨內外交迫的形勢，進行效忠宣示；文藝協會的公約雖然只是一個全國性人民組織的內部條例，並不具備法律上的制裁力，但是當時文藝協會成員已達千人，號稱「自由中國的文藝工作者，十九均已參加本會」，其中的要角並且擔任《中央日報》副刊、《新生報》副刊、《民族晚報》副刊、《公論報》副刊、《新生報南部版》副刊等最具影響力的報紙和《文藝創作》等文藝雜誌的主編，幾乎掌握了所有文學發表的主要管道；換言之，五〇年代任何一個作家一旦被文藝協會所摒棄的結果，正是被放逐在臺灣文壇之外。而在張道藩的強勢領導下，文藝協會不但成爲張氏個人的政治資產，事實上也使得文藝協會形同不具備法定地位的官方組織，完全籠罩在政治的氣氛下，繼續暴露御用性格，乃至將文藝視爲對中國大陸進行心理喊話的工具，和文藝本身品質的發展已經脫節。

一九五三年蔣中正總統頒布《民生主義育樂兩篇補述》之後，文藝協會在同年十二月卽刻發表〈中國文藝協會全體會員研讀總統手著《民生主義育樂兩篇補述》的心得與建議〉，除了極力頌讚蔣中正總統的偉業豐功之外，甚且主動建議層峰制定文藝政策，在該文「五點建議」中的第一點便是：

> 請中央委員會根據總統書內指示，從速制定「民生主義社會文藝政策」，早日頒布，以資遵循。

但是眞正在社會上掀起文藝政策狂潮者，卻是文藝協會本身。

一九五四年五月四日文藝協會集合了陳紀瀅、王平陵、陳雪屏、羅家倫、任卓宣、蘇雪林、謝冰瑩、李辰冬、趙友培、何容、王藍、馬壽華、何志浩、耿修業、梁又銘、梁中銘、宋膺、喬竹君、王宇清、王集叢等人成立「文化清潔運動專門研究小組」，以具體響應《民生主義育樂兩篇補述》中「務須剷除赤色的毒與黃色的害」的號召。

一九五四年七月二十六日文藝協會常務理事陳紀瀅以「某文化人士」名義發表談話，刊於《中央日報》及《新生報》，正式提出「文化清潔運動」的口號，指出：

> 一項文化消毒運動，正在醞釀展開中；這項文化運動可名之為「文化清潔運動」或「除文化三害運動」。遠在兩年以前，文化界人士鑒於出版界少數唯利是圖者流，專門編印誨淫誨盜卻冒名為文藝的書籍，或出版雜誌，專門造謠生事揭發隱私，曾一度

提出肅清文化陣容的口號。而蔣總統手著《民生主義育樂兩篇補述》出版後，越發增加了文化界人士的決心。在那本巨著裏，總統慨嘆：「一般國民不是受了黃色的害，便是中赤色的毒。國民革命為建國而奮鬥已六十年，竟聽任這兩種毒來殘害我國民心理的健康，實在感覺到萬分的慚愧！」總統並明白昭示一面應除惡務盡，一面要加強優美的表揚民族文化的創作。

文化界欣然接受了正確的指示以後，正在不斷努力中，卻不料多年來為社會所詬病，為一般人士尤為正當新聞工作者所不齒的「黑色新聞」，透過部分所謂內幕雜誌，不但不稍斂跡，反而變本加厲，在反共抗俄的神聖堡壘中，肆無忌憚，公然散佈殘害國民心理健康的毒素。「黑色新聞」對於純潔的青年、廣大的軍民以及海外僑胞已造成若干不良後果，使反共陣營業已蒙受鉅大損失。至於藉揭發他人隱私所施敲詐勒索事實，以及由此助長是非混淆的社會風氣，更屬罪大惡極。其中部分雜誌之主張，不但已越出言論範圍，且已違背國策，觸犯出版法令，因此，文化、教育、新聞、文藝、青年、婦女等團體一面為響應總統號召，一面痛感當前文化事業的畸形發展，擬即展開文化清潔運動，籲請各界一致奮起，共同撲滅文化三害：「赤色的毒」、「黃色的害」與「黑色的罪」。

……關於「赤色的毒」，五年來經治安機關努力撲滅，成績卓著，惟仍不免遺漏。文化界人士正在檢舉某些影片書刊，治安當局正在採取處理步驟。對於「黃色的害」，文化界人士正與警察機關合作，檢舉某些有傷風化的出版物。至於對於「黑色的罪」，文化界人士願喚醒部分內幕雜誌先行自我檢查，從速依照其出版申請登記時之旨趣，改正寫作態度，嚴肅取材內容，考量文字道德，自清出版行列。否則，必聯合各界一致聲討，協力撲滅。

同年八月七、八日，陳紀瀅與王藍以正式身分代表文藝協會表明立場，以嚴厲措詞分別斥責「黑色新聞」與「赤、黃、黑三害」，並宣稱文藝協會「願接受各界領導鞭策，充任前驅」，揭開了「文化清潔運動」的序幕。

很明顯的，文藝協會的行動早獲官方授意，各界配合的情況良好，而且效率奇佳，因爲一切行動均已安排妥當。按照箭弦上的時間表，八月九日全國各報共同發表了〈自由中國各界爲推行文化清潔運動厲行陳三害宣言〉，宣言上簽名者包括文教界、政經界人士五百餘人及一百五十五個民間社團，宣言發表不及一個月，個人簽名者已達兩百餘萬人，團體簽名者則有三百餘單位，狂熱程度不下中共發動「三面紅旗」時的社會氣氛。政治界如民社黨領袖徐傅霖、蔣勻田等，學術界如臺大校長錢思亮、師大校長劉眞及各校社團，出版界如當年之十大出版機構及九十餘家雜誌都相應表態，連自韓戰後遣送臺灣的「反共義士」王建國等亦發表宣言，謂「願代表一萬四千多位從韓歸國的反共弟兄，率先舉手響應此一關係民族生命的神聖運動，並願以在韓對匪苦鬥硬拚的精神表示全力的支持」（以上見《文協十年》六五頁）。

最後出面的政府，在社會的鼓噪之下即刻下令取締了十份雜誌，這項運動的餘波繼續發展爲「反黃色作品運動」、「拒讀不良書刊運動」，迄一九六〇年爲止，光是被視爲「以隱喻方式爲匪宣傳」而查禁的武俠小說一類即達千餘種。顯然文藝協會率先發難的文化整肅運動，爲當局檢查新聞、管制言論等措施提供了有利的社會基礎。

不過這一連串運動也是張道藩勢力消長的分水嶺。一九五七年中華文藝獎金委員會因經費斷絕而撤銷，宣告了張道藩在政治上的失勢，而文藝協會此後的發展亦逐漸轉變爲總政治部系統的附和者。中華文藝獎金委員會的瓦解，並非國民黨意圖放棄強力主導性的文藝政策，從六〇年代中期軍中文藝蓬勃發展的事實來看，只能說是文藝政策中心的移轉。張道藩在晚年仍遺憾中華文獎會的結束，雖然他並沒有指明究竟是誰巧取豪奪了他建立文藝政策的功蹟。

三

六〇年代中期是國民黨文藝政策的第二個高峰期，文藝政策的推行不再透過中國文藝協會的前導，該協會已經成為外圍執行單位的一環。一方面總政治部在一九六五年舉辦了第一次國軍文藝大會，蔣中正總統以〈新文藝的十二項內容〉訓勉與會人員，並提出「抑揚節宣」四字訣，以期「使文藝可達到軍中精神教育的目的」，國軍文藝金像獎亦隨之設立，以軍系作家為主導的政策文學成形，具體呼應了蔣中正總統在一九五六年元月所提出的「戰鬥文藝」號召。一九六六年國民黨第九屆三中全會通過〈加強戰鬥文藝之領導，以為三民主義思想作戰之前鋒案〉，制定〈強化戰鬥文藝領導方案〉，繼而第九屆四中全會通過〈中華文化復興運動推行綱要〉，宣稱「繼續倡導戰鬥文藝，輔導各種文藝活動」；翌年國民黨第九屆五中全會再制訂〈當前文藝政策〉，於中央政府體制中設立隸屬於教育部的文化局，執行上述任務，將國民黨的文藝政策正式納編於國家行政體系之中，形成了黨政軍三聯合的集團文化改造運動，將環繞著「戰鬥文藝」的各個主題推向高峰。

一九六六年張道藩過世，同年國民黨舉辦了「第一屆全國文藝座談」，蔣中正總統親自蒞會訓示：

> 我們實行三民主義，就是要在中華文化的傳統基礎之上，建立一個倫理、民主、科學的現代化的社會和國家。所以今天文藝工作者的使命與路向，必須使民族文化與時代精神結合起來，以把握務本與求新的原則，而增其承先啓後的責任。同時，基於時

代精神和革命任務的配合需要，更要促進文藝與武藝的結合，加強發揮文藝的戰鬥力量，使其一方面擔當起三民主義政治作戰與心理作戰的前鋒，一方面力挽當前偏頗頹靡以及畸形發展的文藝逆流，而將其導向於三民主義新文藝的以「仁」為本的主流。在「當前文藝政策」裏面，諸如基本目標、創作路線、文藝機構、文藝經費、文藝人才及文藝工作等項，都已有具體詳切的規定。在此次「文藝會談」中，集合了全國文藝工作的領導人士和精英俊彥，對政策中許多應加優先辦理的事項，必能經集思廣益的研討，而獲致正確的結論，以供黨政方面作為執行和改進的依據。我曾以「知恥知病求行求新」勉勵同志，希望這次「文藝會談」也正是我國全國文藝工作者——從業務主管人員到每一文藝人士藉以自勵，實踐「求行求新」開始的契機。

這是蔣中正總統繼《民生主義育樂兩篇補述》、「戰鬥文藝」號召後再度對文藝政策做出原則性的指示。一九六八年他在第一屆文藝座談進行訓示時，臺灣政經情勢已趨於安定，其在訓詞中亦認爲「十餘年來」社會安定、經濟繁榮，對於文化方面進一步的關切，暗示了他從積極籌備重返大陸轉而謀求確保臺灣安全的政策變遷；這位革命家出身的總統對於文化學術的關懷，基於他對三〇年代左翼文藝運動的餘悸猶存，同時也呈現出他的政治思想中仍然擁有中國傳統「崇儒」與「用儒」兼備的治術。六〇年代中期張道藩大勢已去、旋卽入土爲安，蔣中正總統親自領導了傳統文化復興與戰鬥文藝的綱領規劃。

雖然六〇年代中國民黨與中央政府對於文藝政策的態度漸趨明朗化，但是另一股巨大的浪潮沖蝕了政策文學的基礎，以《現代文學》、《現代詩》、《藍星》、《創世紀》、《笠》等同仁性文學刊物重新建立了不同於黨方意識形態的文學觀。自張道藩掌握國民黨文宣的四〇年代就大力撻伐的西方文學思潮成爲當時小說家和詩人學習的對象和成長的指標，而當時成爲「戰鬥文藝」尖鋒的詩人羣如紀弦、瘂弦、洛夫、羊令野、鄭愁予……等等，其實也是臺灣現代主義的開路者，他們一方面在現實的壓力下追隨官方說法，另一方面又進行個人主義的文學變革，當時新興的潮流如後期象徵主義、超現實主義，實際上都是種種對現實體制的反動。

當藝術家與社會及政治意識形態背道而馳的時候，他們的文體便以扭曲素材、加深隱喻的方式來對抗大一統的價值體系。創作的主體意識在《現代文學》系的學院作家筆下被分化了，正文的作者、敍述者以及虛構人物出現分裂、龐雜的文化觀點，而意識手法則深入個人的內在意識，當然這也呈現了創作者瓦解羣體性的意圖，而《現代詩》所提倡的西化移植、《創世紀》一度主導的超現實主義詩作，都以扭曲中文語法，使用艱澀的意象語彙著稱，這種對於日常語言的任意摧折、變造，事實上正等同於向現存體制和中心化的官方文化理論提出強烈的挑戰。

這些具備雙重文體的戰鬥文藝／現代主義小說家和詩人，他們的作品被自我區分爲背道而馳、兩極對立的兩種傾向，無疑也暴露了六〇年代一元化體制下的文化精神分裂症候羣。

四

一九七〇、七一、七四等年度，邁入生命最後階段的蔣中正總統在不同場所仍然發表了他對於當前文藝發展的看法，但是內容不脫前述範疇，整個七〇年代是臺灣政治轉型期的關鍵。蔣經國在蔣中正總統晚年已經掌握領導權力，有一套不同於父執輩那一代政治人物的做法，七〇年代在內政方面的事務，他更注意經濟發展和省籍同胞的向心力，十項經濟建設較諸文化復興運動更像是當時決策者所應該致力的目標，因此他對於文化思想界的態度毋寧說是消極的。此一階段，文壇多元化的發展沒有受到官方的主導與整頓。背離文藝政策的現代主義在七〇年代初期的發展如果說還沒有到極盛的地步，也可以說至少是粗具規模，而對於文藝政策和現代主義兩者都產生威脅的本土主義鄉土文學又於七〇年代後期應運而生。

七〇年代後期，接任國防部總政治作戰部（原總政治部）主任的王昇將軍屬於蔣經國的嫡系，在一九四〇年蔣經國任贛南專員時期就追隨左右，來臺後於一九五一年奉命協助創辦政工幹校，在蔣經國逐漸成爲實質政治領袖之刻，王昇在總政治作戰部主任任內便扮演了主導文宣文化的角色。

一九七七年，蔣中正總統逝世後的繼任者，同時也是過渡政權的嚴家淦總統主持了全國第二次文藝會談，他的講詞仍然沿襲著蔣中正總統過去的言談，主要的批判對象仍是中共，他指出：

中華民國第二次文藝會談，於今日揭幕，回憶在九年前，第一次文藝會談舉行的時候，總統蔣公曾頒訓詞。現在總統蔣公已不幸逝世，參加會談的全體同仁，即將前往慈湖恭謁陵寢，不但表達大家內心的崇敬，也是決心要實踐遺訓，以文藝報國，來告慰蔣公在天之靈。……

對於策劃今後的文藝工作，家淦以為，首先要宏揚與實踐總統蔣公的文藝思想……蔣公強調要加強發揮文藝的戰鬥力量，這也就是我們文藝工作者，應該積極負起的對國家民族的責任。共匪以武力和暴政控制大陸，以繼續不斷的鬥爭，來維持其殘酷的統治，愈鬥爭愈分裂，愈分裂愈鬥爭。在竊據大陸以來，對於知識分子的整肅，其手段的兇殘，真是無所不用其極。特別是文學家、藝術家，都受到它血腥的迫害。而其每一次「文藝整風」的擴大，即為每一次奪權鬥爭的先聲。這已充分說明了共匪的反人性、反人權、否定文化、否定知識。大陸上文藝作家的生機，已經完全被扼殺，文藝作品除了一些「樣版」之外，已全部銷聲匿跡。我們對共匪的這些暴行，要充分揭發，一面傳播給大陸同胞，鼓舞他們形成反共的怒潮，衝開鐵幕；一方面向國際傳播，激發公道正義，向共匪奪回人權。這就是我們以思想為主力，以文藝為前鋒的戰鬥任務之實踐。……

從這些頗爲謹愼的講詞中，我們很難發現嚴家淦總統對於文藝政策有任何創新的觀點，在過渡期間成爲一位象徵性的領袖正是他所呈現的政治人格。

然而王昇將軍顯然不是平庸之輩，他長期浸濡在政治思想宣教工作之中，對於臺灣的文壇局勢有敏銳的嗅覺，他不僅滿足於登高一呼的官式文章，更能切入當時文化發展的動態，察覺到作家的本土思想的萌芽，以及七〇年代中後期爆發的鄉土文學熱潮可能夾帶而來的思想動盪——一方面是中共民族主義的威脅，另一方面則是若干臺籍文藝作家隱然呈現的地域意識。

在一九七八年的國軍文藝大會上，王昇將軍發表了象徵當時國民黨主流意識形態的〈提筆上陣，迎接戰鬥〉一文，這篇文稿是截至目前爲止臺灣比較重要的文藝政策宣言中最後的一篇，也引領了文藝政策衰退前夕的最後高潮。王昇首先點名批判了所謂「工農兵文學」：

談到「工農兵文學」這個問題，我們不反對一個作家去描寫農人，也不反對一個作家去描寫工人。農人、工人太偉大了。我們應該向他們學習，不僅僅要了解他們，更要照顧他們，解除他們的痛苦，但是我們不贊成今天要走上什麼「工農兵文學」的路線，一些天真的朋友們，認為「工農兵」都是被壓迫的階級，要使得這些人翻身。認為打倒資本家，工人就可以做主了；打倒地主，農人就可以翻身了；打倒了軍隊，統治階級就可以垮臺了，就有自由，就有平等了，就可以上社會主義的天堂了。可是今天，大陸上鐵的事實擺在我們的面前，所謂三十年代的知識分子，他們已經把所謂資本家打倒了，把所謂地主打倒了，把所謂統治階級打倒了，那麼工人就應該做主了，農人就應該翻身了，士兵就應該上天堂了，而今天大陸上是不是這樣呢？大陸誰是資本家呢？大陸上的工人為什麼還要暴動呢？杭州的工人暴動究竟又是為什麼呢？暴動就是向資本家要工資，誰是資本家？共產黨就是資本家；而且是不需要投資的資本家。農人呢？農人翻身了嗎？請問大陸上那一個農民有一分土地呢？大陸上的農民自己的勞動所得不能夠為他自己活命呢？事實告訴我們，大陸上的農民也好、漁民也好、礦工也好，他們的勞動所得百分之六十都被共產黨攫走了，剩下的百分之四十還要左分右分，左攤右攤，誰是大地主呢？共產黨已變成不需要所有權狀的大地主；大陸上的士兵不是做侵略者的砲灰，就是變成戮殺自己同胞的屠夫；所謂三十年代的知識分子，可憐的那些作家，他們做夢也沒有想到他們寫出那些作品的結果，是把大陸上「解放」了，農人工人「解放」後，是到天堂還是地獄呢？甚至於他們自己也難於倖免，這是他們始料所不及的，這個就是所謂共產主義，這個就是共產黨大搞「工農兵文學」的結果。

同時，王昇將軍又針對臺灣新興的鄉土文學進行論述：

本想不講鄉土文學，因為鄉土文學不僅不是打擊的對象，而且是應該團結鄉土文學。顧名思義：所謂鄉土文學就應該是民族文學，我也相信今天從事於鄉土文學的作家，很多都是愛國家、愛民族、反帝國主義、反殖民經濟的愛國分子和民族戰士，我們絕不可把寫鄉土文學的人都給他打成左派、頭上戴上紅帽子，不過鄉土文學如果表面上是利用鄉土情感作號召，實質上是幫共產黨搞工農兵文學，便要警告這些朋友們，你們可要小心！臺灣丟掉你可能會跑掉，但可憐的老百姓跑不掉！如果鄉土文學僅僅是強調一種狹隘的地域觀念，幫臺獨開路，那我們也要喚醒這些朋友們要當心，千萬不要上當，至於什麼叫工農兵文學，剛才我已經講過了，再談到地域觀念，我們覺得也不算是壞的，例如說我是江西人，人家叫我是江西老表，例如當年我們在重慶，四川人就說我們是腳下人，例如，在座也有不少廣東人，廣東人在一起一定講廣東話，這是很自然的。不過值得我們注意的是，天下有很多東西都是好的，例如實證主義也是好的，存在主義也好的，自由主義也是好的，鄉土文學也是好的，沒有共產黨都沒有關係，有了共產黨就必須當心，如果共產黨利用你來分化，把你的地域觀念變成是狹隘的地域觀念，這就要當心，有些別有用心的人，拚命挑撥地域關係，惡意分化內部團結，分化本省人與外省人關係，請問誰是臺灣人？誰是大陸人？例如說在座，有出生在臺灣、有出生在大陸，但我們可以說都是臺灣人也都是大陸人，依照法律定居在一個地方的國民在六個月以上，他就取得當地居民的資格，以及三十八年以後出生在臺灣的不都是臺灣人嗎？不管你過去是從廣東來的或從福建來的，都是來自大陸，可以說都是大陸人，大家的祖先都來自大陸，為什麼要去分？誰要分？是共產黨要分，要知道共產黨所描繪的「臺灣人」，是幫共產黨的忙，作共產黨的走狗，這叫做「臺灣人」，大陸出生的人也包含其中。相反的縱是我們以前就來臺灣的人，只要他反共、他愛國、共產黨也不會承認他是「臺灣人」，還罵他是「臺奸」，還要殺掉他、炸掉他！所以今天我們沒有分的必要，如果你硬是要分，臺灣人和大陸人要分，閩南人和客家人要分，阿山和阿海要分，南部和北部要分，東部和西部要分，這一縣和那一縣要分，分來分去只剩下你一個人，你能夠活嗎？為什麼要去分呢？用不著分！分的結果只是讓共產黨高興，因為用不著它打就把你消滅了。現在共產黨最陰狠的方法就是搬弄我們自己的手來打擊我們自己，陰險惡毒，要利用「臺獨」作走狗，製造我內部分裂，進行所謂「島內革命」，最可笑的臺獨分子亦有所謂理論，說「臺灣文化不是大陸文化」、「臺灣人不是中國人」這種謬論，背叛國家，出賣祖先是一回事，最重要的是他不知道今天是我們國脈民命，千鈞一髮的時候，共匪千方百計要血洗臺灣，我們與匪勢不兩立，絕不是弄一個「臺灣獨立」當作烏龜殼，就可以躲在裏面作威作福，爭權奪利，要知道如果復興基地真的被敵人搞垮了，不管你如何說：「不是大陸文化」「不是中國人」沒有用，你就是跪在敵人面前說：「我不是人！」共匪亦決不會饒恕你，大陸為什麼失敗？就是失敗在共產黨的分化，它分化你非國民黨來打國民黨；它分化知識分子反領袖，分化老百姓反政府；甚至於分化中美邦交。

王昇將軍這些看法和過去「戰鬥文藝」強調主動出擊，以提倡政策目標爲重點的導向不同，毋寧說他採取的是被動的守勢。五、六〇年代文壇一片寂靜，所謂現代主義者雖然隱藏不安和動搖的情緒，但他們所盤據的媒體如《現代文學》及各詩刊，卻是半地下化的同仁刊物、小衆傳播，而且他們的文體並不廣受大衆歡迎；而七〇年代初期萌發、中後期大熾的鄉土文學論爭風潮卻已擴散到了大型媒體之上；鄉土文學作家也紛紛在媒體上展示他們嶄新的現實主義觀念並發表了許多具備強烈批判性、抗爭性的創作。在這種情勢下，官方的文藝政策已經是強弩之末。王昇將軍固然洞悉了這種不利於體制文化的新思潮，但是他將文壇現象一併歸諸中共「陰謀」的泛政治論點，無法說服作家和社會羣衆；同時，他的結論依舊回歸陳舊的意識形態中，使得文藝政策在七〇年代仍然浮懸在國共兩黨抽象政治理念的對抗體系之間，將文藝視爲工具的基調躍然紙上：

……最後我們可以做這樣的結論：

第一、真理可以勝邪說，我們是站在真理這一邊，一定可以反攻大陸，一定可以消滅共匪。

第二、團結可以勝分化，只要我們不要再上共匪的當，只要我們精誠團結，我們就可以粉碎敵人的陰謀，發揮偉大的力量，因為團結就是力量。

第三、戰鬥可以求生存，我們和共匪是誓不兩立，不共戴天的，深信只要大家認清了共匪的殘暴，認清了共產主義的荒謬，大家抱必死的決心，建必勝的信心！我們就能消滅共匪，爭取反共最後的勝利，爭取民族永遠的生存。

五

一九八一年行政院文化建設委員會成立，在首任主任委員陳奇祿的策劃下，落實的工作偏重在地方文化中心的創設和臺灣民俗文化的保存、開拓，令人一新耳目，擺脫了六〇年代末期教育部文化局只是用來執行國民黨文化政策的刻板形象；一九八三年，軍方高階層人事劇烈更動，王昇將軍失勢，從總政治作戰部主任平調爲沒有實權的國防部聯訓部主任，不久奉派爲駐外大使，自此喪失參與內政的機會，最後一波的戰鬥文藝熱潮因而人去政亡；繼任的許笠農將軍以持重著稱，使得總政治作戰部回歸國防部體制中應有的位置。臺灣政府的文藝政策自此邁入無爲而治的時代，換言之，文藝政策的時代已隨著蔣經國繼任總統後的一連串改革措施而煙消雲散。

六

文藝政策時期自國民黨遷臺前後到七〇年代末期，代表性的領導人物除了蔣中正和蔣經國兩代總統之外，就屬早期的張道藩和晚期的王昇，這種強勢的政策壓力並沒有完全阻扼臺灣文學在藝術上的成長，並且星移斗換，到了七〇年代中後期以降，臺灣文壇已經形成獨特的藝術自主體系。

文藝政策沒落的原因如下：

㈠文藝政策形成藝術思想發展的窒礙，直接的說法則是反藝術本質的政治力量，自然無法長期控制藝術中天賦的創造性和自由性。在文藝政策的號召下，除了姜貴的《旋風》之外，臺灣數十年來並未出現任何稱得上傑作的戰鬥文藝和反共文學作品，通常被歸類於政策文學的作品和文學政策所隸屬的作家，都欠缺藝術上的成就，這種欠缺典範性作品的情形，說明了管制創作的結果。

㈡政策文藝領導人本身並非眞正的文藝理論家，他們以政治人的身分對文藝界發言，更容易暴露出他們本身對藝術欠缺了解的事實，而掌權者興趣的轉移——例如八〇年代的蔣經國總統，對他而言，政權的鞏固和社會經濟的發展已經取代了文化性問題——也自然促成文藝管制的鬆動與崩潰。

㈢由於社會經濟體質的改變，除了官方、黨方所控制的文化企業之外，傳播媒體所服膺的不再是政權的利益而是商業現實，媒體的自主性不斷提高，七〇年代後期的大型報紙副刊已經有能力主導文化運動，鄉土文學、報導文學的崛起，都是和當時新興副刊體制結合的結果。

㈣所謂政策文學、文藝政策，表面上是針對中共的思想戰術，而其實質影響力只限於臺灣一隅，鞏固臺澎金馬的心防才是眞正的目標。但是淪爲空談的形式口號之後，最終的結局自然是消弭於無形。

香港·〈世界華文文學研討會〉宣讀論文